lc

Les éditions la courte échelle inc.
Montréal • Toronto • Paris

Chrystine Brouillet

Née en 1958 à Québec, Chrystine Brouillet publie un premier roman policier en 1982, pour lequel elle reçoit le prix Robert-Cliche. L'année suivante, un deuxième livre paraît. Par la suite, elle écrit des textes pour Radio-Canada et des nouvelles pour des revues.

En 1987, elle publie un autre roman policier qui met en vedette un détective féminin, suivi, en 1988, d'un autre ouvrage avec le même personnage, chez Denoël-Lacombe.

En 1985, elle reçoit le prix Alvine-Bélisle pour *Le complot*, publié à la courte échelle. *Un jeu dangereux* est son quatrième roman à la courte échelle.

Du même auteur, à la courte échelle

Collection romans
Série Roman Jeunesse:
Le complot
Le caméléon
La montagne Noire

Les éditions la courte échelle inc.
5243, boul. Saint-Laurent
Montréal (Québec) H2T 1S4

Illustration de la couverture:
Stéphane Jorisch

Conception graphique:
Derome design inc.

Révision des textes:
Odette Lord

Dépôt légal, 3e trimestre 1989
Bibliothèque nationale du Québec

Données de catalogage avant publication (Canada)

Brouillet, Chrystine, 1958 -

    Un jeu dangereux

    (Roman+; R+1)
    Pour les jeunes à partir de 13 ans

    ISBN 2-89021-105-3

    I. Titre.   II. Collection.

PS8553.R68J48 1989   jC843'.54   C89-096132-8
PS9553.R68J48 1989
PZ23.B76Je 1989

Chrystine Brouillet

Un jeu dangereux

Chapitre 1

Je suis amoureuse

J'ai toujours détesté Myriam Drolet, car j'ai toujours eu de bonnes raisons pour ça. Elle est blonde (pas teinte), ses yeux sont vert émeraude (sans lentilles colorées), ses ongles sont longs (pas faux), sa bouche est framboise (sans rouge à lèvres) et elle a de gros seins. Des vrais.

Elle porte des chandails moulants ou décolletés. Même si la prof d'histoire lui a déjà dit que l'école n'était pas une discothèque et qu'elle exigeait une tenue plus décente à ses cours. Les gars de la classe l'ont huée quand elle a réprimandé Myriam.

Moi aussi, je ne voulais pas qu'on se doute que j'étais contente. Ça n'a pas duré longtemps. Myriam a continué de mettre des tee-shirts sexy et les gars ont continué de lui tourner autour. Alain Grenier a dit à Olivier Dumoulin qui l'a répété à mon amie Nathalie que Myriam Drolet a couché avec lui.

Je ne sais pas si c'est vrai ou si elle a presque fait l'amour avec lui. Quand on a demandé des précisions à Alain, il n'a pas voulu nous en révéler davantage. Il avait un petit air suffisant et conspirateur en nous confiant cette aventure comme s'il nous était supérieur. Ça pourrait aussi m'arriver à moi, si je voulais! C'est facile!

Si je préfère attendre, c'est que je suis AMOUREUSE.

Amoureuse du plus beau gars de l'école, Jean-Philippe Bilodeau. Il est dans la dernière année du secondaire, mais je l'avais déjà remarqué l'an passé. J'ai eu peur tout l'été qu'il ne revienne pas en septembre! Heureusement, je m'étais inquiétée pour rien. Il était là, assis dans les marches de la cafétéria à discuter de moto avec Louis, le frère de Nathalie.

J'ai dit bonjour à Louis sans regarder Jean-Philippe en espérant que ça ne paraissait pas trop que je rougissais.

C'est vraiment déprimant: je ne suis pas blonde et je n'ai pas le beau teint mat des brunes! Et quand je suis gênée, mes joues s'enflamment! Je les sens qui brûlent! Aussi, je me suis éclipsée en vitesse, avant que quelqu'un fasse une réflexion.

Justement, Myriam Drolet venait vers nous. Elle ne m'aurait pas manquée! J'enrageais de partir, parce que je savais qu'elle allait essayer de séduire Jean-Philippe. Pourtant je n'étais pas de taille à la combattre.

À cette époque, j'étais bien naïve! Je croyais qu'à force de me rencontrer, Jean-Philippe Bilodeau finirait par me découvrir et m'apprécier car, bien entendu, j'étais super aimable avec lui.

Je lui ai prêté des tonnes de disques en septembre et en octobre. Et je l'ai même invité à un concert de Pink Floyd. Hélas, il avait déjà son billet.

J'ai fait couper mes cheveux aux épaules et je me suis battue avec ma mère pour avoir une mèche bleue. Elle n'a pas cédé. En revanche, elle a accepté de m'acheter un soutien-gorge rembourré, malgré le fait qu'elle trouvait ça inutile. Peut-être pour elle, elle est mariée depuis plus de quinze ans. Pour moi, c'est vraiment différent!

Il fallait que je plaise à Jean-Philippe par tous les moyens!

J'ai fait le régime de pamplemousses (on ne mange que de ces horribles fruits pendant des jours et des jours) jusqu'à ce que ma mère s'en aperçoive et me l'interdise.

Mon père s'en est mêlé, lui aussi, et m'a expliqué que j'étais en pleine croissance et que je devais m'alimenter correctement. Je ne pouvais pas lui dire que j'aurais voulu engraisser des seins et maigrir des cuisses.

J'ai mis de l'huile solaire pour changer mon teint pâle et j'ai fait rire de moi pendant une semaine, car j'avais le visage carotte.

J'ai même acheté des revues de motos pour pouvoir parler des accélérateurs avec Jean-Philippe.

J'ai tout fait, vraiment tout fait pour lui plaire.

Résultat? RIEN! Nothing! Niet! Nada!

On aurait dit que j'étais transparente et qu'il regardait Myriam Drolet à travers moi. Parce que, bien sûr, elle était toujours dans les parages, celle-là...

Je ne pouvais pas aller jusqu'à l'assassiner, malgré l'envie qui me tenaillait. Primo, je ne suis pas une fille violente même si je fais du judo. Secundo, ça ne veut pas dire que Myriam disparue, c'est à moi que s'intéresserait cet idiot de Jean-Philippe. Et tertio, j'avais assez lu de romans policiers pour savoir qu'on finit toujours par arrêter le meurtrier.

Le crime parfait, ça n'existe pas! Sauf si l'assassin tue une personne qui lui est tout à fait inconnue, bêtement, gratuitement et surtout, anonymement.

Un exemple? Il y a quelques années, à l'étranger, un homme (ou une femme?) a mis du poison dans des bouteilles contenant des cachets de Tylenol. Puis les a replacées sur les rayons des pharmacies.

Des tas de gens en ont acheté, ont avalé les comprimés empoisonnés et sont morts. Pourtant personne n'était directement visé! Comment trouver un assassin qui n'a aucun lien avec sa victime? Aucun motif pour le meurtre? Il faut un minimum d'indices pour découvrir une piste...

— Ce genre de crime est plutôt rare, Tasha, m'a expliqué mon père. Même si notre société est de plus en plus violente.

— Justement, il faudra plus d'effectifs pour combattre les criminels! Aussi, quand je serai détective, j'aurai du travail!

— Natasha! a soupiré maman. Tu ne vas pas revenir là-dessus!

Papa m'a fait un petit signe de tête. Il ne voulait pas que je me remette à discuter de mon avenir avec maman. Quand il rentre de la cour, il est fatigué. Il a plaidé toute la journée et il n'aime pas «jouer à l'avocat» à la maison.

Il a attendu que maman soit retournée à la cuisine pour m'expliquer que je devais, de toute manière, finir mon secondaire et aller au collège avant de prendre une décision.

— Et si tu désirais, dans quelques années, être avocate, comme moi?

J'ai secoué la tête. Non, je n'avais pas envie de travailler à la cour, mais sur le terrain. Je suis autant une fille d'action que de réflexion! Je n'apprends pas le judo pour rien. C'est pour savoir me défendre quand j'aurai à me battre avec des criminels.

Je suis la meilleure du groupe et même mon frère Nicolas m'asticote moins depuis que je lui ai fait une prise terrible. Il l'avait bien mérité! Il avait fouillé dans mes affaires et trouvé mon journal intime! Je ne lui pardonnerai jamais! Pour me calmer, papa m'a offert alors un attaché-case qui se verrouille.

— Tu pourras y mettre tous tes secrets! m'a-t-il dit.

J'adore mon père, c'est avec lui que je m'entends le mieux dans cette maison! Ma mère est belle, mais elle ne me prend jamais au sérieux. Au contraire, elle répète que mon adolescence va finir par passer! Et elle me sourit.

Comme si c'était drôle d'avoir quinze ans! Parfois, elle essaie de dialoguer avec moi et dès que je parle de meurtres, elle frissonne. Pourtant, elle devrait être habituée avec papa.

On s'amuse ensemble seulement quand on fait la cuisine. J'admets que ma mère est très douée. Et que je suis très gourmande... C'était d'autant plus difficile de suivre ce maudit régime de pamplemousses!

Maman m'a proposé de me faire des menus minceur équilibrés. Quand je l'ai embrassée pour la remercier, elle avait les larmes aux yeux! Et même si elle m'exaspère souvent, je me tracassais un peu pour elle quand j'ai pris ma décision. Mais j'avais beau chercher une autre solution pour que Jean-Philippe s'intéresse à moi, je ne trouvais pas...

Et puis, après avoir vécu cette aventure, j'aurais prouvé à tout le monde que je savais me débrouiller. On accepterait peut-être enfin que je devienne détective privée!

Chapitre 2

Quelle galère!

Détective privée? J'ai plutôt failli devenir rien du tout... Si j'avais pu deviner dans quelle galère je m'embarquais quand j'ai pris ma décision de quitter la maison, je serais sûrement restée!

Jean-Philippe ne méritait pas que je risque ma vie pour lui plaire! Je désirais seulement faire une fugue afin qu'il s'inquiète de mon sort. Quand il apprendrait par Nathalie et ensuite par les policiers que j'avais disparu, il comprendrait ce que je représentais pour lui.

Il n'y avait vraiment aucune autre solution pour le faire réagir.

J'ai décidé de partir au moment du

congrès d'avocats de papa. Il irait à Québec avec maman et y dormirait le jeudi et le vendredi. Il avait convaincu maman que Nicolas était assez grand pour veiller sur moi. Après tout, il avait presque dix-sept ans et nous n'étions plus des bébés.

En mettant les valises dans le coffre de la voiture, papa m'a dit qu'il savait que je serais bien sage. J'ai fait oui, oui en hochant la tête. Pourtant, je me sentais comme une traître! Et j'ai bien failli renoncer à mon projet et tout lui raconter, mais j'aimais trop Jean-Philippe!

J'ai vu l'auto s'éloigner avec un pincement au coeur. J'avais mal au ventre aussi, car j'avais un peu peur. À ce moment-là, je n'avais aucune raison valable. Plus tard, j'en ai eu d'excellentes!

Dès que nous sommes entrés dans la maison, mon frère s'est allongé sur le canapé avec une revue et m'a interpellée:

— Fais-moi donc une omelette au jambon, Tachette. Et apporte-moi une bière.

Tachette! Nicolas sait parfaitement qu'il n'a pas le droit de m'appeler comme ça, mais il profitait de l'absence de nos parents!

— Tu peux aller te les faire cuire toi-même, tes oeufs! Si tu penses que je vais jouer à l'esclave toute la fin de semaine, tu te trompes. Pour la bière c'est pareil, va la chercher.

— Je suis l'aîné, tu dois m'obéir!

— Ce n'est pas parce que tu as deux ans de plus que moi que tu es plus intelligent. Et de toute manière, les filles ont plus de maturité que les garçons, c'est bien connu.

— Toi, une fille? Tu es un vrai bum! Ce n'est pas surprenant que Jean-Philippe Bilodeau ne te regarde pas!

— Tu n'as pas le droit de parler de Jean-Philippe!

— Tu en parles bien, toi, dans ton journal: «Jean-Philippe Bilodeau est le gars le plus fantastique, le plus merveilleux et le plus beau du monde!» J'aime mieux te prévenir, Tache, tu vas courir après encore un bout de temps, il n'aime pas les bébés!

— Espèce de...

Je me suis jetée sur Nicolas pour lui faire ma prise secrète et comme il se méfiait, il s'est enfui en courant. Avant de claquer la porte, il m'a dit qu'il allait chez son copain Bernard et qu'il rentrerait tôt. Au cas où Isabelle téléphonerait.

— Ton Isabelle, elle porte bien mal son nom, ai-je crié par la fenêtre. On dirait une vieille guenon ratatinée!

Nicolas ne m'a pas entendue, car il serait sûrement rentré! Notre querelle servait bien mes plans. J'étais ravie que mon frère me provoque en me donnant des ordres. Ça me faisait une raison de plus pour justifier ma fugue.

En s'apercevant de ma disparition, Nicolas croirait simplement à une bouderie pour protester contre ses agissements et il ne s'inquiéterait pas immédiatement.

J'étais certaine qu'il attendrait quelques heures avant de téléphoner à mes amies pour ne pas manifester sa crainte ni devoir s'excuser de sa conduite. Il est terriblement orgueilleux!

J'ai patienté dix-quinze minutes, au cas où mon frère aurait changé d'idée et serait revenu, et j'ai fait mes bagages.

En bouclant mon sac, je me demandais si je devais laisser une lettre pour rassurer mes parents. Je ne pouvais pas leur expliquer les motifs qui me poussaient à quitter la maison. Pourtant je ne voulais pas qu'ils croient que c'était leur faute. Je partais de mon plein gré, parce qu'il le fallait et je leur reviendrais bientôt saine et sauve.

Comme mon père pratique le droit criminel, il avait sûrement déjà eu des problèmes avec des types du Milieu même s'il ne nous en avait jamais parlé. Je ne voulais pas qu'il s'imagine qu'on m'avait enlevée en guise de représailles.

Toutefois, si on savait que mon départ était volontaire, on s'inquiéterait moins à mon sujet! Je ne serais pas recherchée par les policiers et je n'aurais pas ma photo dans les journaux. Que devais-je faire?

Je tournais en rond dans la maison, indécise et fébrile, et je pense que je serais partie sans laisser de message si je n'avais pas ouvert le réfrigérateur par énervement! Quand je suis anxieuse, j'ai envie de grignoter, hélas! Maman avait fait un joli paquet avec un petit mot pour moi.

«Ma chérie, voici des gâteaux au chocolat. Tâche de ne pas les manger d'un seul coup. Je t'embrasse fort. Maman.»

J'ai ouvert le paquet et j'en ai mangé trois même si j'avais la gorge serrée. Puis j'ai pris une feuille de papier et j'ai écrit: «Chers vous, je vous aime beaucoup. Cependant, pour des raisons personnelles, je dois quitter la maison. J'espère pouvoir bientôt revenir. Je vous embrasse.»

J'ai plié ma missive et je l'ai déposée

sous le porte-crayon du bureau de papa, en laissant dépasser juste les coins de la feuille. Je ne voulais pas que mon frère la trouve trop rapidement.

J'ai mis ma veste de jeans avec un gros chandail, mes lunettes noires et je suis sortie, en espérant que je n'attendrais pas l'autobus durant des heures au coin de la rue!

S'il fallait que je rencontre quelqu'un avec mon sac de voyage, j'expliquerais que je transportais l'équipement de volley-ball pour la partie de dimanche.

Tout s'est bien passé. L'autobus est arrivé en moins de deux minutes. Au moment où je me suis assise, j'ai eu l'impression que tous les passagers pouvaient entendre battre mon coeur!

J'ai fait semblant de lire le roman d'amour que j'avais apporté, *Nuits de rêve à Deauville*. Mais lorsque j'ai vu deux policiers monter dans l'autobus, je tremblais tellement que les caractères se brouillaient sous mes yeux. J'attirais sûrement plus l'attention en faisant tressauter ainsi mon bouquin.

Je l'ai refermé et rangé discrètement, en souhaitant que les policiers n'aient pas remarqué mes bagages. Et s'ils m'interrogeaient? Ils sont restés dix minutes dans le véhicule et j'avais des frissons malgré mon chandail en laine des Andes.

Quand ils sont descendus, j'ai soupiré tellement fort de soulagement que tous mes voisins se sont retournés. Bravo, moi qui devais être discrète!

J'ai essayé de me calmer et de réfléchir en regardant le paysage. Il fallait que je m'arrête quelque part. Mais où? J'aurais bien voulu me rendre jusqu'à New York, toutefois mon anglais n'est vraiment pas super. J'ai abouti tout bonnement au terminus de la ligne. Et comme le chauffeur me regardait d'un air bizarre, je me suis enfuie en courant.

Chapitre 3

Une rencontre
imprévue

J'ai marché longtemps. Sans vraiment savoir où aller. Sans vraiment savoir quoi faire. C'était ma première fugue, je manquais d'expérience. Le soleil, éclairant doucement les rares feuilles qui restaient aux arbres, se faisait de plus en plus timide. Et je commençais à avoir froid à errer ainsi dans les rues de Montréal.

J'ai pensé un instant aller me promener sur le mont Royal où je ne risquais pas de rencontrer quelqu'un que je connaissais. Toutefois, le ciel se couvrait de nuages sombres et si je me faisais doucher, j'attraperais peut-être la grippe. Ce qui n'était pas conseillé en pareil cas.

De toute façon, j'avais souvent entendu dire qu'on est totalement anonyme dans une foule. Si la Ronde avait été ouverte, j'y serais allée, mais c'était trop tard dans la saison. Et je ne suis plus une enfant.

J'ai donc pris le métro pour descendre Place Bonaventure. Rien de tel qu'un centre commercial pour se perdre. De plus, c'est distrayant! J'ai vu une ceinture noire avec des billes métalliques absolument géniale et je me suis dit que je l'achèterais s'il me restait encore de l'argent après ma fugue.

J'avais, bien sûr, emporté toutes mes économies. Je les avais mises dans un sac de plastique dans mes sous-vêtements, sous mon jeans. Le plastique me collait à la peau. C'était aussi rassurant que désagréable, ce n'est pas moi qu'on volerait! Je suis allée dans des toilettes publiques pour retirer un billet de cinq dollars, car j'avais faim.

Même si les hamburgers sont hypercaloriques, je n'ai pas résisté quand je suis passée devant un McDonald's. J'ai pris des frites. Mais un *petit* cola. Je me suis assise dans la section fumeurs, parce que j'ai remarqué que les gens demeurent plus longtemps de ce côté, grillant une ou deux cigarettes avant de partir.

Je me ferais moins remarquer si je traî-
nais là un bon bout de temps. J'ai mangé le
plus lentement possible, c'est très bon pour
la ligne. D'habitude, je mange toujours
trop vite. Au McDo, c'était une exception,
je cherchais à occuper mon temps tout en
réfléchissant aux prochaines heures. Où
allais-je bien pouvoir dormir?

Je sirotais le fond de mon verre de cola
quand un homme s'est assis à côté de moi.
J'ai fait semblant de ne pas m'en apercevoir. Pourtant, je voyais bien qu'il me regardait sans arrêt. S'il y a une chose que je
déteste, c'est bien qu'on me fixe! Sauf si
c'est un beau gars. Ça me gêne et ça me
fait plaisir en même temps.

Je me suis levée aussitôt! Tant pis, je
trouverais un autre endroit pour m'asseoir
en paix. Il y a toujours des bancs dans un
centre commercial. Et puis, je devais
explorer les «possibilités d'hébergement»...

Il n'y en avait pas trente-six millions.
Soit que j'essayais de me cacher dans un
coin du centre commercial ou dans un des
couloirs qui mènent au métro, soit que je
me rendais à la gare de train. J'ai pensé à
l'Armée du Salut, mais il était déjà vingt et

une heure quinze.

Mon frère avait dû découvrir mon absence. S'il n'avait pas encore trouvé la lettre, ça ne tarderait pas. Jusqu'à vingt-deux heures, il essaierait de téléphoner à mes amies. Et il finirait bien par admettre que je n'étais chez aucune d'entre elles. Il devrait alors appeler nos parents au Château Frontenac, à Québec, pour les avertir.

Même si Nicolas m'énerve, je me sentais un peu coupable de lui faire endurer tout ça. Et s'il s'inquiétait, il me pardonnerait quand je reviendrais. Sinon, il était bien débarrassé de moi pour quelque temps...

Je n'aimais pas trop penser aux réactions de ma famille, pourtant j'imaginais avec délices celles de Jean-Philippe. On l'interrogerait sûrement. Les enquêteurs chercheraient des raisons à mon départ. Une mauvaise entente avec mes parents, malgré ma lettre, ou une dispute avec Nicolas.

Celui-ci serait bien obligé de dire qu'on s'était chicanés juste avant ma fuite. À cause de Jean-Philippe. Et alors, les policiers voudraient voir ce dernier. Il apprendrait enfin que je l'aimais et que j'avais quitté la maison parce que son indifférence me rendait trop malheureuse.

Il aurait peur que je me suicide ou qu'il m'arrive un accident! Il comprendrait son idiotie et il aiderait les policiers à me retrouver!

Quand je réapparaîtrais, il me prendrait dans ses bras en me disant qu'il m'aime. Sûr! Il n'y a pas une fille qui ferait tout ça pour lui. Même pas Myriam Drolet. Elle est bien trop peureuse. Il faut toujours que quelqu'un la raccompagne après les cours. À dix-sept heures! À moins que ce soit un truc pour attirer les garçons... Oui, ça doit être ça!

Pauvre épaisse que j'étais! Tandis que je rêvais à Jean-Philippe, je n'avais pas réalisé que le bonhomme du McDonald's m'avait suivie. C'est en regardant la devanture d'une boutique de vidéo que j'ai aperçu son reflet juste derrière moi.

J'ai arrêté de respirer. Puis j'ai recommencé à marcher lentement comme si je ne l'avais pas remarqué. Je me dirigeais vers la porte d'entrée du magasin. Quand je serais à l'intérieur, il ne pourrait plus rien m'arriver, pas vrai? Pas vrai!

Le magasin était fermé depuis vingt-cinq minutes. Il était exactement vingt et une heure vingt-cinq, je l'ai vu à travers la vitre. J'ai vu aussi que la rue était déserte derrière moi et que la nuit était tombée depuis déjà longtemps.

— Eh! t'es un beau bébé, toi...

J'ai fait semblant de ne pas entendre en marchant plus vite sans me retourner. Et quand j'ai entendu le type accélérer son pas, je me suis mise à courir.

— Ça sert à rien de courir comme ça, ma petite, je vais te rattraper. Je fais du jogging tous les jours, ça me tient en forme. Mais c'est plus plaisant de suivre des petites poulettes comme toi... Ah! Ah!... Tu vois que j'avais raison quand je te disais que tu t'énervais pour rien?

Un cul-de-sac. En me poursuivant, il s'était arrangé pour que je me dirige dans un cul-de-sac! J'avais l'impression que le coeur allait me sortir de la gorge ou que j'allais m'évanouir. J'ai ouvert la bouche pour crier, pourtant je n'ai pas entendu un son! Rien!

— Tu vois que t'es fine, tu cries même pas... Dans le fond, je te plais, c'est ça? J'ai vu comment tu me regardais au McDo.

J'ai secoué la tête, il mentait.

— C'est pas vrai? Tu m'aimes pas?

Il s'approchait de moi. Je pouvais voir ses petits yeux. On aurait dit ceux d'un serpent! Il avait un grand nez, des joues creuses et il souriait sans arrêt en avançant. Tout à coup, il s'est arrêté, j'ai pensé qu'il avait changé d'idée. Mais non, il a éclaté de rire comme s'il avait deviné ma pensée.

— Eh non! mon pitou, j'm'en irai pas tant que tu m'auras pas donné un beau bec...

J'ai réussi à dire non en pleurant.

— Tu pleures? Tu veux pas? Tu serais mieux de dire oui, sinon tu vas brailler pour quelque chose...

Je ne bougeais pas en me disant que je faisais un cauchemar, que ça ne pouvait pas m'arriver à moi de me faire attaquer comme ça! C'était trop... Trop... Je n'étais pas partie de la maison pour ça! Je ne voulais pas...

— Enlève ton coat.

— Mais il fait froid...

— Enlève.

Tout à coup, j'ai compris. Il voulait me voler mon argent! J'étais prête à lui donner des millions pour qu'il s'en aille quand il a attrapé ma veste de jeans et l'a lancée à bout de bras dans la ruelle, sans la fouiller!

L'instant d'après, j'ai senti son haleine écoeurante dans mon cou et j'ai crié à mort.

Il a sursauté, a mis la main sur ma bouche.

— Eh! la petite baveuse, tu vas te taire O.K.?

Avant qu'il ait le temps de sortir une arme, je lui ai donné un bon coup sur le poignet. Il a sacré et m'a frappée, pourtant j'avais eu le temps de me tasser. J'ai couru pour lui échapper en souhaitant qu'il trébuche, toutefois il me rattrapait. Il tirait sur mon chandail. Je suis tombée par terre. J'ai entendu un cri:

— Eh! Lâche-la!

Un autre gars arrivait à toute vitesse! Quand le maniaque l'a vu, il s'est enfui de l'autre côté.

Chapitre 4

Ralph

— Ça va? Il ne t'a pas blessée?

J'ai fait non de la tête, en ravalant ma salive pour me montrer brave et je me suis mise à pleurer en ramassant ma veste, elle était trempée! Tout allait mal! Je ne partirais plus jamais de chez moi! Je ne tomberais plus jamais en amour!

Entre deux sanglots, j'ai expliqué mes problèmes à Ralph.

— Maudit! J'aurais dû courir après! Mais je ne voulais pas te laisser toute seule! Tu devrais déposer une plainte contre ton agresseur! Tiens, mets mon blouson, tu vas avoir moins froid.

J'ai continué à trembler même si son manteau était chaud. Je n'avais jamais eu aussi peur de toute ma vie.

— Viens, on va aller prendre un café. Comment t'appelles-tu?

— Louise.

J'ai toujours rêvé de m'appeler Louise. C'est bien mieux que Natasha. Dans ma classe, il y a cinq Natasha et pas une seule Louise!

— C'est un beau nom, Louise. On y va?

— Où?

J'étais plus méfiante. Ralph m'avait sauvée, d'accord, mais je ne le connaissais pas.

— Où tu veux. Au premier endroit qu'on trouvera. Ou à l'hôtel, si tu préfères.

— À l'hôtel?

Ralph a ri:

— Bien oui, je n'ai pas l'air distingué avec mon vieux blouson et mes espadrilles trouées, pourtant je suis sommelier dans un hôtel. Et je tiens le bar.

— Sommelier?

— Je conseille les clients qui veulent choisir un vin pour accompagner leur repas.

— Ah! Du vin français, je suppose? Tu es Français, non?

— Oui.

— Tu as un accent!

— Bon, ça va mieux? Veux-tu prévenir la police?

— Non.

Au fond, je l'aurais bien fait. Pourtant je n'avais qu'un désir. Rentrer chez moi et ne plus jamais en sortir. Mais maintenant qu'il m'était arrivé le pire, je n'avais plus rien à craindre... Comme on peut se tromper!

— Tu ne veux vraiment pas prévenir la police?

— J'irai plus tard, ai-je dit. Et c'était réellement mon intention. Quand tout serait rentré dans l'ordre, je ferais la description précise du maniaque.

— Bon, je t'emmène à l'hôtel? On va héler un taxi! Ma voiture est trop loin.

J'ai eu alors confiance en lui. Si Ralph avait voulu m'entraîner quelque part, il aurait choisi sa voiture. J'étais fatiguée et j'avais besoin de son aide. J'ai accepté. De plus, Ralph était plutôt joli. Il me trouverait trop jeune pour lui, c'est évident. Toutefois, ça ne me déplaisait pas d'être vue avec lui.

Ralph travaillait depuis trois ans dans un des hôtels les plus chics de Montréal.

Quand nous sommes arrivés, la dame qui était à la réception a eu l'air surprise, mais elle nous a quand même souri. Jusqu'à ce qu'elle apprenne ce qui m'était arrivé.

— C'est épouvantable! On va appeler la police. Et tes parents, ma chouette? Où sont-ils?

— En voyage. Très loin.

C'était une demi-vérité. Et afin qu'elle ne téléphone pas aux autorités, Ralph lui a dit que j'étais crevée et que tout ce que je voulais, c'était un chocolat chaud.

— Oui, bien sûr, je comprends.

— La chambre 37 est libre, non?

— Oui, mais...

— Je la prends demain de toute façon... Un peu plus tôt, un peu plus tard.

— Mais le patron...

— Le patron ne le saura pas si tu ne lui dis pas, ma belle Jeannine.

Jeannine a souri et lui a tendu la clé de la chambre. Elle avait l'air de le trouver de son goût et je pense qu'elle lui a caressé la main en lui donnant la clé. Ralph lui a fait un clin d'oeil et je la remerciais encore au moment où la porte de l'ascenseur s'est ouverte.

En songeant au danger que j'avais couru,

je ne pourrais plus jamais répondre à ma mère qu'elle exagérait quand elle me disait d'être prudente et vigilante. Il y a plus de maniaques qu'on croit en liberté! Et le pire c'est qu'ils ressemblent à monsieur-tout-le-monde. Ils paraissent bien ordinaires jusqu'à ce qu'ils attaquent...

Ralph a téléphoné pour me faire monter un chocolat et tandis que je le buvais lentement, il m'observait. Je ne devais pas avoir l'air brillante, dépeignée et sale. Et ma mère qui n'avait pas voulu me payer ma permanente! «Pas avant Noël! Si je t'écoutais, tu serais toujours chez le coiffeur!»

Elle ne comprend pas que ce n'est pas durant les vacances de Noël qu'il faut que je sois belle, mais pendant l'année scolaire, quand Jean-Philippe est là. Comme Ralph ne disait rien, je me suis rendu compte que je ne l'avais même pas remercié! J'ai rougi en balbutiant des excuses.

— Ce n'est pas grave, tu étais sous le choc, voyons! Si tu me racontais ce que tu faisais dans le coin? C'est un endroit plutôt désert, il me semble? Tu t'étais perdue?

— Non... Pas vraiment. Je ne savais pas où aller.

— Comment?

J'ai presque tout avoué à Ralph: ma fugue, mon amour pour Jean-Philippe, ma décision d'aller dormir à la gare. La seule chose que j'ai tue, c'est que je ne rentrerais pas à la maison tant que ma photo ne serait pas dans les journaux. Sans photo, Jean-Philippe ne prendrait pas ma fugue au sérieux. Il penserait que ce n'était qu'un caprice.

— À la gare? Il n'en est pas question. Tu vas rester ici! Je ne peux pas être toujours derrière toi pour te sauver!

— Mais...

— Pas de mais! Quand reviennent tes parents?

— Ils sont en vacances à Miami, ai-je menti.

— Bon, on va essayer de se débrouiller, si tu me promets d'être sage et de ne plus essayer de t'enfuir.

— Promis.

— Bien, je te laisse, Louise. Je devrais être à la salle à manger. Je suis déjà très en retard... As-tu faim?

— Non... Ralph?

— Oui.

— Merci...

Quand il a refermé la porte derrière lui,

je me suis sentie abandonnée. Ralph était si gentil avec moi. Et sans rien me demander. Si Jean-Philippe pouvait lui ressembler un peu! À cette heure, il ne devait pas avoir encore appris ma disparition. Mais ça ne tarderait pas!

Chapitre 5

L'hôtel

Pour me changer les idées, j'ai regardé la télé. Comme il n'y avait rien d'intéressant, je me suis endormie devant l'écran. Puis j'ai rêvé au maniaque.

Il me poursuivait dans un grand champ désert et je courais, je courais, je courais jusqu'à un précipice. Je l'entendais rire derrière moi: «C'est la chute ou moi, ma petite poulette.» Et quand il disait poulette, je me transformais en volaille et il m'attrapait pour me faire rôtir.

Je me suis réveillée au moment où il allait planter sa fourchette dans ma gorge! Je n'avais jamais fait un aussi abominable cauchemar! J'avais déjà rêvé que Jean-Philippe se mariait avec Myriam Drolet, mais ce n'était pas aussi pire!

Je suis descendue dans le hall en espérant que la dame de l'accueil serait là. Il était plus de minuit, elle avait donc fini son service. Je me suis assise dans un des gros fauteuils en velours vert du hall face à la porte de la salle à manger.

Habituellement, j'aime bien les hôtels. En fait, je n'y suis allée qu'une fois, en Floride, avec mes parents. Le va-et-vient des clients, le chuchotis des discussions, la sonnerie des ascenseurs, le passage des grooms avec les plateaux des gens qui mangent dans leur chambre...

Pourtant ce soir-là, j'étais trop préoccupée pour m'amuser. Ralph est sorti de la salle à manger et m'a demandé un peu sèchement ce que je faisais là.

— Bien... je t'attendais...

— Je t'avais demandé de te tenir tranquille... Tu ne peux pas te promener partout dans l'hôtel! Tu vis ici sous ma responsabilité, je peux avoir des ennuis s'il t'arrive quelque chose!

Comme j'allais me mettre à pleurer, il a baissé la voix et s'est approché de moi. J'ai reculé.

— Tu n'as rien à craindre, voyons. Je m'excuse... Je ne voulais pas m'emporter. Mais j'ai si peur que tu aies d'autres problèmes!... Ça va maintenant?

J'ai hoché la tête bravement même si j'avais envie de partir. Je n'aimais plus ce grand hôtel désert. Pourtant, quand Ralph m'a proposé de le suivre pour grignoter un morceau, j'ai senti l'appétit me revenir!

C'était la première fois de ma vie que je pénétrais dans la cuisine d'un grand restaurant. Des dizaines de casseroles de cuivre étaient accrochées au mur et les frigos étaient si grands qu'on pouvait y entrer! Nous nous sommes assis pour manger.

J'ai vidé mon assiette trop vite, comme d'habitude, ce qui a fait sourire Ralph.

— Veux-tu de la mousse au chocolat?

— Non, je ne peux pas... ai-je gémi.

— Pourquoi?

— Je vais grossir. Myriam Drolet est mince, tu sais! Si je veux plaire à Jean-Philippe...

— Oh non! Ne me dis pas que tu fais un régime! Tu es très bien comme tu es!

— Myriam est mieux... En plus, elle a les cheveux blonds!

— Je préfère les brunes... Et une fille doit avoir des rondeurs...

Je n'allais pas lui dire que Myriam Drolet avait aussi tout ce qu'il faut de ce côté-là! Ralph me considérait comme une vraie femme, je l'appréciais! Au moment où il se levait pour prendre un café, je lui ai demandé pourquoi il m'aidait.

Il a haussé les épaules, a toussé:

— Tu ressembles à ma petite soeur. Je m'ennuie d'elle.

— Ah oui? (J'étais étonnée. Moi, je ne m'ennuie jamais de Nicolas!)

— Je ne l'ai pas vue depuis plusieurs mois. Mais elle doit venir au Québec pour Noël. Je te la présenterai peut-être.

— Quel âge a-t-elle?

— Dix-sept ans.

Ouf! ce n'était pas un bébé... Pourtant je n'aurais pas dû poser cette question, car Ralph me l'a aussitôt retournée. J'étais bien obligée de mentir. Je sentais qu'il était déjà embarrassé de m'héberger à l'hôtel. S'il apprenait que j'avais quinze ans, il appellerait les policiers tout de suite.

— Je viens juste d'avoir dix-sept ans, moi aussi.

— C'est un peu jeune pour partir de

chez vous, a-t-il dit, mais il paraissait soulagé.

— Il y en a qui le font!

— C'est vrai que ce n'est pas toujours agréable d'obéir. Et l'école ce n'est pas mal, mais on ne gagne pas un sou...

— Depuis quand vis-tu à Montréal? Et pourquoi?

Ralph a détourné la tête comme si j'avais posé une question vraiment indiscrète.

— Un coup de foudre, c'est simple...

Il n'en disait pas plus et je n'ai pas osé insister même si j'aime les histoires de passion. Au moins, ça prouvait qu'il pouvait me comprendre!

— Écoute, tu peux dormir dans la chambre cette nuit, mais demain, je dois m'y installer et...

Je me suis mordu les lèvres. Évidemment, c'était trop beau pour durer... Commencer une fugue dans un hôtel de luxe n'était pas normal.

Mais même si je m'attendais à avoir des difficultés, j'avoue que mon aventure avec le maniaque m'avait troublée plus que je ne voulais l'admettre. Et j'étais désemparée quand Ralph m'a dit que je devrais quitter la chambre.

Où est-ce que j'irais? J'étais prête à tout pour rester dans ce bel hôtel.

— Tu comprends, demain, l'hôtel va être bondé. Tout le monde devrait être arrivé à seize heures, au plus tard.

— Qu'est-ce qui se passe?

— Tu n'as pas vu les affiches dans le hall?

— Non.

— C'est la fin de semaine noire qui commence demain soir. Il y a quarante personnes inscrites au jeu.

— Quel jeu?

— Le jeu policier, voyons! Des comédiens se glissent parmi les vrais invités et commettent un faux meurtre durant la fin de semaine. Les invités doivent trouver des indices et deviner qui est le coupable.

— Chanceux, ai-je soupiré. Ça doit être excitant!

J'aurais bien aimé participer pour me préparer à mon métier de détective, mais Ralph en avait déjà fait beaucoup pour moi.

Ralph a froncé les sourcils:

— Tu voudrais rester?

— Évidemment! Je veux être détective! Tu sais, j'étais contente que tu arrives, quand j'étais avec le maniaque. Pourtant je m'en serais sortie. Je fais du judo.

— Ah! Puis après?

J'avais vexé Ralph, je le sentais. Je me suis excusée.

— Tu n'y es pas, Louise. Je suis fâché que tu ne comprennes pas ce que tu as risqué. Peut-être aurais-tu été capable de t'en sortir. Mais peut-être pas. Tu ne lui avais pas donné beaucoup de coups avant mon intervention, non?

— Eh... non... mais...

— Mais tu te serais fait violer, ma belle. Ce mec-là ne se serait pas contenté d'un petit baiser, je te le jure!

J'ai fermé les yeux. Je n'aimais pas penser à ça.

— Je ne veux pas que tu l'oublies! As-tu compris? Et tu n'iras pas traîner en ville.

— Où alors? Je ne rentre pas chez moi, on s'était entendus!

— Non, je sais. Et puisque tu n'as pas peur du jeu, tu resteras ici. J'ai la chambre pour la fin de semaine, car on ne devra plus sortir de l'immeuble quand le faux crime aura été perpétré. Seulement, il faudra que tu sois bien discrète... Je n'ai pas le droit de recevoir des gens comme ça dans ma chambre! Si j'ai des ennuis avec mon patron, ce sera ta faute!

— Youppi! Ralph, tu es mon meilleur ami! Je vais faire attention, promis!

Il est venu me reconduire à ma chambre, puis il m'a embrassée sur les deux joues avant de partir et m'a donné son numéro de téléphone.

— Je n'arriverai à l'hôtel qu'à dix heures demain matin. Si tu as peur ou si tu veux m'appeler avant...

Une chose était certaine: j'allais être très gentille avec la soeur de Ralph à Noël. D'ailleurs, elle devait être géniale avec un frère pareil! Bien sûr, Nicolas n'est pas mal, le problème c'est qu'il est trop jeune. Et puis Nicolas a les cheveux bruns alors que ceux de Ralph sont blond vénitien.

C'est moins banal.

Comme Ralph a l'air d'adorer son métier, je n'ai pas osé lui dire que je détestais le vin. Ça m'ennuie d'ailleurs parce que je suis obligée de faire semblant que j'aime l'alcool quand il y a des soirées. Je prends toujours des rhum and coke ou de la Tia Maria. C'est moins mauvais que la bière.

Chapitre 6

Le jeu noir

Le lendemain matin, j'ai eu beau supplier Ralph de me révéler qui étaient les comédiens qui faisaient semblant d'être des clients, il n'a rien voulu me dire!

— Moi-même, je ne le sais pas, je t'assure, Louise. L'organisateur du jeu considère que moins il y a de personnes qui sont au courant des identités réelles, mieux c'est. Et je l'approuve. Je ne sais pas si je serais capable de ne pas me trahir.

— Moi, je pourrais! Je suis une tombe, on peut me confier un secret.

— Moi aussi...

Ralph faisait allusion à ma fugue et j'ai

préféré discuter d'autre chose.

— Quand arrivent les participants au JEU NOIR?

Ralph a regardé sa montre, une super montre noire. Le boîtier s'étirait dans le bracelet comme s'il avait été flexible et on avait l'impression que les aiguilles s'allongeaient en tournant. Complètement fou! Ça ressemblait aux montres de Salvador Dali.

Je n'aime pas tellement visiter les musées. En revanche, j'aime bien, mais pas trop souvent, feuilleter des livres d'art. Ma mère en a beaucoup. Léonor Fini aussi me plaît, car elle adore les chats. Comme moi. J'en aurais douze si mes parents acceptaient, mais papa dit qu'un seul suffit.

— Eh? Louise? Louise!

— Que... Quoi?...

J'étais dans la lune. Pourtant il fallait aussi que je m'habitue à être nommée différemment.

— Excuse-moi, je pensais à mon chat. Tu sais, je m'ennuie de mon chat.

— Ici, tu n'auras pas le temps de t'ennuyer... Regarde, ce sont les premiers participants qui poussent la porte. Jeannine va les accueillir. Ensuite, on pourra peut-être leur parler. Sais-tu éplucher des légumes?

— Quoi?

— J'ai un plan. Pour que tu puisses circuler dans l'hôtel et être témoin du jeu, il faut que tu travailles ici. Dans les cuisines. On a un surplus de boulot avec tous ces nouveaux clients et le chef m'a affirmé qu'il te prendrait à l'essai. Je lui ai dit que tu étais une amie.

Comme j'avais l'air heureuse de la nouvelle, il a poursuivi:

— Ensuite, j'essaierai de te trouver un petit emploi de femme de chambre, ce n'est pas trop compliqué. Ça te ferait gagner du fric et peut-être que tu pourrais finir par te louer un appartement?

Un appartement? J'avoue que je n'y avais pas pensé... Et pourquoi pas? Ça serait parfait! Je pourrais organiser des soirées et inviter Jean-Philippe. On écouterait de la musique aussi fort et aussi tard qu'on voudrait et on serait tranquilles, sans personne pour nous espionner!

Je n'avais rien contre le fait de travailler, j'ai pourtant soulevé une objection.

— Je ne verrai rien si je suis enfermée dans la cuisine!

— Mais si, tu pourras apporter du pain, de l'eau ou vider les cendriers. Je vais te montrer où déposer les corbeilles.

— C'est facile.

— Oh non! on ne fait pas ça n'importe comment ici. Viens, avant que tous les invités soient arrivés. C'est ça ou tu passes ton temps dans la chambre...

Tout à coup, il avait un ton bizarre que je n'aimais pas... Un peu comme celui du prof de chimie quand il nous annonce un contrôle-surprise. Je me suis empressée de l'approuver.

— Tu as raison. Et je pourrai peut-être aider le chef. Je suis douée pour les recettes...

Ralph a souri:

— Ça m'étonnerait que Thomas te permette de toucher à ses casseroles... Il ne laisse personne s'en approcher... Tu peux toujours essayer, mais il est pire qu'un chien de garde. Il a toujours peur qu'un amateur ajoute une épice qui gâche tout... Tiens, des nouveaux...

Trois couples qui se connaissaient avaient décidé de participer ensemble au jeu, ce qui les excluait pratiquement comme suspects. C'était évident qu'ils venaient comme joueurs et non comme acteurs.

Deux soeurs jumelles de soixante-quinze

ans avaient des mines de conspiratrices et des robes vertes identiques, mais leurs souliers n'étaient pas de la même couleur. Elles me semblaient si étranges que je les ai soupçonnées immédiatement d'avoir été engagées par l'organisateur.

Puis j'ai pensé le contraire. Elles attiraient trop l'attention, le supposé meurtrier devait être une personne plus anonyme. Par exemple, ce petit monsieur en complet veston beige qui a déposé sagement sa valise en attendant son tour. Il souriait doucement à tous et à chacun. Je me suis pourtant méfiée...

Ensuite, un photographe est entré en demandant si sa copine journaliste était déjà arrivée. Vraie ou fausse cette histoire de reportage qu'ils devaient réaliser sur notre fin de semaine noire?

Je n'y croyais guère, car ça leur permettait trop facilement de poser des questions à tous les participants. Cependant, je me garderais bien d'attirer leur attention avant que le grand jeu soit commencé et que j'aie découvert qui était le faux coupable. Je voulais avoir ma photo dans le journal, mais pas par hasard! J'éviterais les flashes de l'appareil photo!

— Allez, viens Louise, je vais te présenter au grand chef.

Quand nous avons poussé la porte battante des cuisines, une odeur irrésistible de beurre à l'ail m'a chatouillé les narines.

Chapitre 7

En cuisine

Bon, j'étais prévenue, M. Thomas n'aimait pas qu'on s'approche de ses marmites. Pour être certain que je ne rôderais pas près du poêle, il m'a installée devant une montagne de carottes à éplucher. J'en avais pour des heures et des heures!

Après avoir raclé les premiers kilos, je commençais à regretter ce travail! Je m'amuse plus à faire des gâteaux avec maman... J'ai beaucoup pensé à mes parents durant l'après-midi. Ils savaient maintenant que j'avais fait une fugue. Comment avaient-ils réagi?

Papa devait être furieux quand Nicolas leur a annoncé la nouvelle, car il ratait son congrès et maman... maman devait être très nerveuse. J'avais envie de les appeler pour leur dire que je me portais à merveille, mais j'avais peur qu'ils m'engueulent...

Et plus j'attendrais pour me manifester, pire ce serait. Comment leur faire comprendre mon amour pour Jean-Philippe? Ça ne s'expliquait pas, ça se sentait...

Quand je le voyais, je frissonnais et en même temps j'avais chaud, ma gorge se desséchait et je bégayais...

Je rêvais qu'il me prenait dans ses bras et qu'il m'embrassait comme dans les films. Sûr qu'il faisait bien ça! Mais comme il me regardait à peine... je pouvais fantasmer encore longtemps. Il devait trouver mes seins trop petits...

Maman dit que ma croissance n'est pas finie. J'espère, pour une fois, qu'elle a raison!

— Eh! Tu rêves ou quoi? Tu n'as pas encore fini! m'a dit M. Thomas d'un ton bourru. Il y a les pommes de terre après.

Oh non! Je ne pourrais jamais terminer! Quand je pense qu'il y a des gens qui épluchent des légumes pour gagner leur vie, je les plains vraiment! Je suis comme tout le monde, je n'aime pas tellement étudier.

Pourtant c'est peut-être mieux.

Alors que j'achevais de trimer ma centaine de pommes de terre, M. Thomas a versé un plein panier d'oignons sur la table.

— Tu pourras aller te dégourdir les jambes quand tu les auras épluchés et coupés en quartier.

J'avais envie de pleurer de découragement ou de lui jeter les oignons à la figure. Pourtant je n'ai rien dit à cause de Ralph qui avait été si gentil pour moi, mais j'avais hâte de sortir de cette cuisine.

Tous les invités devaient maintenant être arrivés. J'espérais que Ralph les avait bien observés et qu'il pourrait me faire un compte rendu.

Malheureusement, il avait passé une partie de l'après-midi à la cave pour s'occuper des vins. Il n'en savait pas plus que moi.

— Ne t'inquiète pas, Louise, tu resteras à l'entrée de la salle à manger pour remettre le plan de l'hôtel aux joueurs. Ainsi, tu les verras tous et comme ils doivent porter ce soir des petits insignes pour les identifier, essaie de tout mémoriser...

Facile à dire! Il y avait des dizaines de personnes! Beaucoup de couples dans la trentaine, bien habillés, mais sans fantaisie, classiques. Aussi, quand Mme Antoni a pénétré dans la salle au bras de son mari, un long silence a précédé les murmures...

Très grande, elle était blonde comme Marilyn Monroe et portait des lunettes légèrement teintées. Au moment où elle les a enlevées pour lire le menu, j'ai pu constater que ses yeux immenses étaient aussi noirs que la plus noire des fins de semaines noires...

Elle a remis très vite ses lunettes comme si elle voulait garder l'anonymat, telle une star. En même temps, elle avait tout pour se faire remarquer... Ses lèvres reproduisaient la teinte exacte de sa robe fuchsia. Une robe bustier drapée sur le corps jusqu'à la taille s'évasait ensuite et tenait comme une corolle au-dessus du genou.

Il faut être belle pour porter ce genre de tenue, car tout le monde vous regarde sans arrêt! Mme Antoni était évidemment bronzée et on ne savait pas si c'étaient ses jambes parfaites, très longues, ou ses souliers qui attiraient le plus l'attention. Je n'avais jamais vu des escarpins aussi délirants!

À talons très hauts, en soie noire, ils étaient pointus et couvraient à peine le bout du pied. Mais ils le retenaient grâce à une sorte de lanière rigide, en forme de serpent qui s'enroulait autour de la cheville et grimpait sur le mollet. La lanière était parsemée de brillants.

Ma mère ne voudrait jamais m'en acheter! Même pour mon anniversaire. Je me suis pourtant jurée d'essayer de parler à Mme Antoni pour savoir où elle les avait trouvés. Peut-être qu'en économisant encore quelques mois, je pourrais m'en payer une paire.

Autant Mme Antoni était belle, autant son mari était moche. Un grand maigre avec le visage gris, une petite moustache tombante et les cheveux coupés en brosse. Il devait être adorable et très intelligent pour avoir séduit sa femme!

Il y a eu ensuite un gros homme rougeaud qui marchait très lentement. J'ai deviné immédiatement que ce calme apparent cachait une grande nervosité. Puis un type, d'une quarantaine d'années, avec des yeux trop brillants qui ne se posaient jamais plus d'une seconde sur un sujet...

Cet homme n'essayait-il pas de mémoriser tous les visages? J'étais certaine que c'était l'un des comédiens engagés. Une jeune femme très jolie, vêtue d'une jupe et d'une veste de cuir bleue l'accompagnait. Ça devait être aussi une actrice.

Je suis retournée aux cuisines pour continuer mon travail, car il ne fallait pas qu'un client se demande ce que je faisais là. L'idéal était que je me trouve un uniforme blanc comme les autres employés de la cuisine. On ne remarque pas les gens en uniforme, ça garantit un certain anonymat.

— M. Thomas? Qu'est-ce que je peux faire?

— Je ne pensais pas te revoir... Tu n'avais pas l'air d'aimer ça, éplucher les légumes...

— Si, si...

— Bon, je vais te trouver autre chose.

J'ai retenu un soupir quand il m'a apporté une immense bassine pleine à ras bords d'olives noires à dénoyauter.

— Diane les adorait.

— Diane?

— Celle qui travaillait ici avant toi. C'est Ralph qui me l'avait amenée. Comme toi. Tu l'aimes, Ralph?

J'ai haussé les épaules, je ne savais pas trop. D'un côté, je le trouvais beau, en même temps, il s'impatientait très facilement. Je n'aime pas les gens trop colériques. M. Thomas bougonnait. Toutefois, je sentais que c'était une manière d'être et non parce qu'il était vraiment fâché contre moi.

— Toi aussi, tu le trouves de ton goût. Tu n'es pas la seule, marmonna-t-il. Ne traîne pas, il y a les haricots à équeuter.

— Diane, c'est celle qui est maintenant femme de chambre?

— Femme de chambre? Je ne sais pas... je ne la vois presque jamais à l'hôtel. Et quand elle y est, elle ne vient plus me parler! Pourtant, elle était bien avec moi, je lui apprenais des tas de choses. Mais à quoi bon vous enseigner? Vous commencez à travailler ici et vous partez... J'en ai assez de former des jeunes!

— Il y a eu beaucoup de filles comme moi?

— Oui. Des écervelées dans ton genre, il y en a pas mal... Je l'aimais bien, la petite Diane... Allez, dépêche-toi, il y a encore les haricots à équeuter.

— Je ne partirais pas sans vous dire au revoir, M. Thomas, je vous le jure. Même si je trouvais un autre travail!

Chapitre 8

La panne

En allant et venant avec des corbeilles de pain à déposer sur les tables, j'ai pu observer les participants. Ils étaient tous très excités quand on leur a expliqué les règles du jeu et ils ont posé beaucoup de questions à l'organisateur.

Mme Antoni avait l'air super intéressée et amusée. Elle riait beaucoup. Plus je la regardais, plus je la trouvais belle. J'aurais donc voulu lui ressembler. Même juste un peu. Je n'aurais pas été obligée de faire une fugue pour que Jean-Philippe m'aime...

Évidemment, les comédiens engagés interrogeaient aussi le meneur du jeu pour brouiller les pistes. J'avais beau regarder tous ces visages attentifs, je ne parvenais pas à deviner qui serait l'assassin et qui serait sa victime. Peut-être cette petite dame d'aspect anodin? Ou le gros monsieur à l'accent anglais assis au bout de la table?

J'allais pousser la porte de la cuisine quand les plombs ont sauté. J'ai bien failli échapper mes corbeilles! On ne voyait rien! La salle était plongée dans une obscurité totale, car on avait fermé les volets avant le repas.

Il y a eu des «ho!» et des «ah!» de surprise, des murmures et des petits rires. On savait bien que cette panne d'électricité faisait partie du jeu et j'étais certaine qu'on allait entendre un grand cri. Notre fausse victime se faisant assassiner à la faveur de la nuit...

Il y a eu effectivement un cri. Un cri de terreur mêlé de dégoût. Puis le bruit de chaises renversées, de jurons.

Quelqu'un a craqué une allumette, d'autres l'ont imité aussitôt. Ça m'a rappelé le dernier show de James Jones où tout le monde allumait son briquet. Mais là, à l'hôtel, c'était plus apeurant que joli...

Heureusement, l'électricité est vite revenue, nous permettant de découvrir la victime. Une femme dans la trentaine, vêtue d'une robe rouge à pois blancs. Elle était étendue sur le sol et faisait semblant d'être évanouie.

Du moins, le croyait-on. Toutefois, quand on a vu la tête de l'organisateur, on a tous compris que ce n'était pas la comédienne désignée. Si cette dame n'était pas engagée pour jouer, que faisait-elle au sol?

— Regardez! a dit le gros monsieur anglais. *An octopus*!

Il désignait un gros calmar ou une pieuvre morte sous la table. Quelqu'un avait touché la dame avec cette bestiole gluante et la pauvre femme était tombée dans les pommes!

Au moment où elle s'est réveillée, elle s'est remise à hurler en voyant l'horrible bête. Et elle ne s'est pas calmée avant d'avoir quitté la salle accompagnée par l'un des serveurs. Il est revenu en annonçant que la dame du 46 était en train de faire ses valises.

— Elle dit qu'elle n'a pas du tout apprécié cette plaisanterie et qu'elle portera plainte...

— Mais... commença l'organisateur.

— Mais quoi? Elle a raison, c'était dégoûtant, affirma une autre dame. Vous nous réservez encore plusieurs surprises de ce genre?

— Non, bien sûr, soyez assurée que ça ne se reproduira plus.

Notre meneur de jeu avait l'air bien embarrassé et il a fini par proposer une tournée générale au bar de l'hôtel. Si la dame de la chambre 46 n'avait pas aimé son expérience, certains participants l'appréciaient. Évidemment ce n'étaient pas eux dont on avait frôlé le bras avec une chose glacée et visqueuse...

À l'avant-dernière soirée, à l'école, j'ai embrassé Mario Demers très longtemps pour rendre Jean-Philippe jaloux. Mais ça m'a assez écoeurée! J'avais l'impression que sa langue était toute gluante, exactement comme une pieuvre!

Les gens disaient que l'incident mettait de l'animation, qu'on commençait à s'ennuyer, qu'il fallait être beau joueur et que la dame était bête de partir. L'organisateur souriait à tout le monde. Pourtant c'était plus une grimace qu'autre chose... Ralph m'apprit rapidement pourquoi.

— Ce n'était pas prévu...

— Quoi?

— Le coup du calmar! C'est trop vulgaire, voyons! Pas le genre de l'hôtel... Pourquoi pas un squelette de l'Halloween dans un placard, tant qu'à faire?

Ralph m'interrogeait des yeux. Il a continué en pesant ses mots:

— Les gens qui viennent ici ont beaucoup d'argent, as-tu remarqué tous les bijoux? Ils s'attendent à une certaine classe... Non, il y a un mauvais plaisantin dans le groupe. Il a profité de la panne pour se glisser dans la cuisine et attraper un calmar.

— Voyons! C'est impossible. Il ne s'est pas écoulé plus d'une minute entre le début de la panne et le cri de la femme... Non, c'était préparé... Ça doit être un des comédiens qui a voulu rajouter du piquant au jeu.

— Ouais... a fait Ralph. Tu dois avoir raison.

Mais il n'était pas convaincu. Il avait le même air que ma mère quand je lui jure que je vais remonter mes notes en maths...

— Au moins, ç'a dégelé l'atmosphère, nous a confié l'organisateur en s'approchant et en nous désignant les participants qui discutaient en riant. Maintenant qu'ils

s'amusent, je vais enfin pouvoir téléphoner! Vous me servez un verre de Brouilly,
Ralph? Je reviens tout de suite.

Il est revenu très vite en effet. Et tout
pâle.

Il a bu son verre d'un trait avant de nous
expliquer que les lignes téléphoniques
étaient en dérangement.

— Allez dans une autre cabine.

— Aucune ne fonctionne...

— Vous devez vous tromper, a dit
Ralph. À moins que la panne n'ait produit
un court-circuit...

— Venez avec moi, essayez vous-
même!

J'ai accompagné Ralph et l'organisateur
au fond du hall. Il y a là cinq appareils téléphoniques. Ralph a attrapé le premier,
appuyé son oreille sur l'écouteur.

— Mais ça marche!... J'entends bien la
tonalité.

L'organisateur s'est emparé vivement de
l'appareil, stupéfait d'écouter le ronronne-
ment de la ligne.

— Pourtant... Je vous assure que...

Tous les appareils fonctionnaient norma-
lement. Il avait l'air complètement aba-
sourdi. Et inquiet. Je l'étais, moi aussi, car

je sentais que tout ne se déroulait pas tel que prévu. Depuis que j'étais partie de la maison, rien ne se passait tel que je l'avais imaginé... À commencer par la réaction de ma famille!

J'étais disparue depuis maintenant vingt-quatre heures et j'avais écouté régulièrement les informations à la radio, un poste jouait en permanence aux cuisines. Mais ma disparition n'avait pas été une seule fois mentionnée. Pourquoi?

Je savais qu'on attendait quelques jours avant de diffuser une photo dans la presse, cependant on pouvait signaler une absence suspecte. Mes parents s'inquiétaient moins que je ne l'aurais cru ou Nicolas n'avait pas osé leur apprendre la nouvelle. Oui, c'était sûrement ça.

J'ai aidé les employés dans les cuisines, puis j'ai rejoint Ralph dans sa chambre pour qu'on discute de la soirée.

— Tu y tiens vraiment?

— Oui. C'est intéressant...

Ralph a bougonné:

— Tu trouves? Ça me donne plus de travail. J'ai envie d'un scotch. Va donc chercher de la glace dans la distributrice du corridor.

Je n'ai pas protesté même si je déteste qu'on me donne des ordres. J'ai bien fait. Après deux ou trois gorgées, Ralph s'était radouci. On a analysé le comportement de chacun à tour de rôle et on a conclu tous les deux que le gros monsieur rougeaud était étrange ainsi que l'Anglais.

Il avait découvert très vite le calmar sous la table comme s'il s'attendait à le trouver là. Le couple que j'avais remarqué jouait également, Ralph les avait entendus parler de théâtre! Ils n'étaient guère prudents!

Il y avait deux autres couples au bout de la table qui devaient être de connivence avec l'organisateur, car je les avais vus é-changer des petits sourires complices. Ralph avait remarqué qu'un homme dans la quarantaine, assis au centre, en face d'un bouquet de fleurs, gardait ses mains sous la table dès qu'il avait fini de manger un plat. Bizarre...

Et cette dame qui s'était levée cinq fois pour aller aux toilettes? Et Mme Antoni, si belle... qui avait à peine adressé la parole à son mari?

Cette fille, si discrète, près d'elle, qui n'a pas regardé sa voisine une seule fois durant le repas alors que tous étaient subjugués par la séduction de Mme Antoni? En était-elle si jalouse? J'aurais compris. J'envie Myriam Drolet. Elle a pourtant l'air d'un crapaud comparé à Mme Antoni.

— Mme Antoni est vraiment très belle, tu ne trouves pas, Ralph?

— J'aime mieux ton genre... mais elle n'est pas mal.

Elle a l'air gentille, ai-je continué en rougissant. Elle me souriait toujours quand j'allais à sa table porter du pain... Bon, ce soir, c'est moi qui couche par terre.

— Non, tu vas dormir dans le lit.

— Ce n'est pas juste! Tu me sors du pétrin, tu me trouves du travail, un endroit pour demeurer et en plus tu voudrais que je te prenne ton lit?

— Tu me rendras bien la pareille un jour, chacun son tour à se rendre service? Qui sait? Quand tu auras ton appartement, tu pourras me recevoir, toi aussi! Ça s'est bien passé aujourd'hui en cuisine, avec Thomas?

— Oui...

— De toute manière, tu ne moisiras pas longtemps avec lui, je vais te trouver autre chose. Tu es assez grande pour avoir plus de responsabilités.

Ce que j'aimais de Ralph, c'est qu'il ne me traitait pas en bébé! Quand je pense à ma mère qui ne veut pas que je travaille, sauf pour garder des enfants! Elle croit peut-être que ça va développer mon instinct maternel. Ce n'est pas en endurant des petits braillards que ça risque d'arriver!

— Tu fais ta toilette la première? m'a-t-il suggéré.

— Si tu veux.

J'ai fouillé dans mon sac de voyage pour trouver ma robe de nuit en flanelle. Évidemment, elle était au fond et j'ai dû tout sortir pour tout ranger ensuite. En remettant mes vêtements dans le sac, j'ai remarqué que mon chandail bleu canard était plié au centre alors que je plie toujours les manches sur les côtés.

J'étais très embêtée. Je ne pouvais pas demander à Ralph s'il avait fouillé dans mes affaires. Pourtant si quelqu'un l'avait fait, je voulais le savoir... Je devais avoir l'air soucieuse, car c'est lui qui m'a questionnée.

— Qu'est-ce qu'il y a? Tu ne trouves pas ce que tu cherches?

— Oui, mais...

— Mais?

Il me regardait si gentiment que j'avais honte de le soupçonner.

— Il me semblait que j'avais rangé mon chandail autrement... Je suis pourtant partie si vite, je ne dois pas avoir réalisé...

— Peut-être l'as-tu sorti hier... Et une femme de chambre l'aura plié différemment.

Oui, peut-être... J'étais bête... Ou je devenais paranoïaque! Pourquoi Ralph aurait-il fouillé dans mes affaires? Il n'y avait rien à voler! Et si ce n'était pas lui, ni la femme de chambre, qui pouvait s'intéresser à mon sac et s'introduire dans la pièce en notre absence? Non, vraiment, mes soupçons étaient ridicules...

J'ai essayé de me détendre en prenant un bain brûlant, mais j'avais peur que quelqu'un entre par la fenêtre de la salle de bains... C'était idiot, puisqu'on était au quatrième étage. Pourtant j'avais le pressentiment qu'il allait se passer quelque chose de terrible.

J'ai versé deux sachets de mousse à la lavande. Si on réussissait à atteindre la chambre par les balcons, on ne me verrait pas toute nue, car la mousse me couvrirait. Il y avait des bulles jusqu'au bord! J'adore ça! Peut-être que Ralph pourrait me donner d'autres échantillons de bain moussant avant que j'emménage.

Alors que je me glissais dans le lit, Ralph m'a parlé de mes parents.

— Oh, tu sais, Ralph, ils ne sont sûrement pas revenus de la Floride! Ils ne s'inquiètent pas...

— Toi non plus, hein? De toute façon, tu es bien ici, non?

— Euh... Oui, c'est sûr, mais...

— Mais quoi? Tu en as marre de bosser en cuisine? Je te le répète, tu auras bientôt un poste de femme de chambre.

— Avec Diane?

— Qui t'a parlé d'elle? a dit Ralph en se redressant très brusquement.

— C'est M. Thomas...

— Et qu'a-t-il dit?

— Rien, ai-je menti. Juste que je la remplaçais. C'est bien ça?

— C'est ça, a fait Ralph, radouci.

— Tu m'as sauvé la vie à temps, on dirait. Sinon, il n'y aurait eu personne pour remplacer Diane en fin de semaine. C'est une coïncidence!

J'ai parlé d'un heureux hasard. Toutefois, je n'y croyais qu'à moitié. Malgré tout, même si j'étais mal à l'aise avec Ralph, sans trop savoir pourquoi d'ailleurs, je préférais dormir dans sa chambre.

Je n'étais pas très rassurée après tous les événements qui venaient de se passer et en repensant à la mine effrayée de l'organisateur. Il ne contrôlait pas très bien la situation.

Qu'est-ce que ça serait quand le faux meurtre serait commis? J'aurais voulu tout raconter à mon amie Nathalie, je suis habituée de tout lui dire. Elle connaissait ma passion pour Jean-Philippe.

Selon elle, il m'aimait, mais il avait peur de ne plus pouvoir sortir autant avec ses amis. Comme si j'étais le genre de fille à enfermer son chum! À condition qu'il passe un peu plus de temps avec moi qu'avec eux, je ne protesterais pas!

Chapitre 9

Quatre heures dix

Un coup de feu m'a réveillée à quatre heures dix. Ralph s'est précipité hors de son sac de couchage et a couru au balcon. La nuit était noire, sans lune et on ne voyait rien. Il a ouvert la porte, des gens couraient en tous sens dans le corridor, affolés.

Certains prétendaient avoir entendu deux coups de feu. On cherchait qui avait tiré. Et SUR qui... Moi, je l'avoue, j'ai rêvé un instant qu'on avait descendu Myriam Drolet! L'organisateur prétendait que cette mise en scène faisait partie du jeu, mais s'il disait vrai, pourquoi ne découvrait-on pas notre fausse victime?

On a fouillé toutes les chambres sans

succès. Le directeur de l'hôtel engueulait l'organisateur en lui répétant qu'il avait abusé de sa bonne foi en parlant d'une sorte de jeu de piste anodin dans son hôtel!

— Si j'avais pu deviner à quel point vos plaisanteries étaient désagréables, je n'aurais jamais accepté qu'on organise cette fin de semaine noire ici. Nous avons une réputation à préserver.

— Mais monsieur, je vous assure que...

Ils se chamaillaient encore quand on a entendu un cri de stupeur. Nous sommes accourus dans le hall. Une jeune femme pointait du doigt le bac à fleurs qui décorait la grande fenêtre de la réception. Entre les hortensias et le ficus, un objet métallique brillait.

— Là... ce pistolet...

— Ce n'est pas un pistolet, madame, c'est un revolver, a expliqué l'homme trop calme que j'avais remarqué pendant le repas.

Comme l'organisateur s'approchait de l'arme, l'homme l'a attrapé par le bras:

— C'est une mise en scène, oui ou non?

— Euh... Je ne crois pas, non, a-t-il reconnu.

Les clients ont fait des: «Oh! Ah!»

Une femme s'est mise à pleurer en disant à son mari qu'elle voulait rentrer chez elle immédiatement. Mais le gros homme lui a rappelé qu'elle n'en avait malheureusement pas le droit.

— Qu'on ne touche à rien. Trouvez-moi un mouchoir.

Ralph lui a apporté une serviette de table sans que personne ne fasse le moindre geste. Instinctivement, nous respections ce gros homme qui se penchait pour ramasser le revolver avec une délicatesse étonnante. Il était beaucoup plus souple que je ne l'aurais cru. Et beaucoup plus dangereux. Du moins, pour moi.

— Je me présente, enquêteur Duhamel, de la Sûreté du Québec.

Un policier!!! Ralph a blêmi en me regardant. Je ne pensais pas qu'il pouvait avoir si peur pour moi. Ça m'a flattée parce que dernièrement, il avait été plutôt bête avec moi. Et je commençais à trouver qu'il se prenait pour un autre. Il était beau, c'est vrai. Ce n'était pourtant pas une raison pour être arrogant. J'étais contente de m'être trompée sur son compte...

Ralph m'a fait signe qu'il essaierait de détourner l'attention de l'officier le temps que je m'esquive en direction de la chambre.

— Que devons-nous faire? demanda-t-il.

— Rester ici. Que personne ne quitte l'hôtel sans mon autorisation. Je vais faire analyser l'arme. Nous devons savoir à quoi elle a servi.

— Mais on n'a trouvé personne de... blessé...

— Pas encore, monsieur, a dit l'enquêteur à l'organisateur. Pas encore... Pourtant, je n'aime pas tellement la tournure des événements. Ça ressemble de moins en moins à de la fiction, vous ne trouvez pas?

C'est Ralph qui m'a rapporté cette conversation entre les deux hommes, car je m'étais discrètement dirigée vers l'ascenseur. En me retrouvant à la chambre, Ralph m'a expliqué que l'enquêteur Duhamel avait été engagé par notre organisateur comme conseiller.

Il devait suggérer des modifications afin que ce jeu policier se déroule le plus possible comme dans la vraie vie... Indiquer aux comédiens ce qu'ils devaient faire pour être plus crédibles en victimes ou en assassins, créer des fausses pistes, etc.

— Malheureusement, il semble que je doive vraiment enquêter, avait précisé l'officier avant d'appeler au poste de police pour faire venir des techniciens de l'identité judiciaire.

— Mais, ai-je expliqué à Ralph, même s'il envoie l'arme à des experts en balistique et qu'on affirme que le revolver a servi... si on n'a pas de victime, il n'y a pas de crime, vrai ou faux.

— On n'a pas tiré pour rien avec ce pistolet!

— Ce n'est pas un pistolet, c'est un revolver. Le revolver est à barillet.

— Barillet ou pas, on a une arme et pas de crime.

— J'ai peur qu'on retrouve ce cadavre, Ralph.

— Et toi, tu ne crois pas qu'on va te retrouver? Ce flic va bien finir par apprendre qui tu es! Les flics sont assez fouineurs!

— Ralph?

— Oui?

— As-tu parlé de moi à ta blonde?

— À qui?

— À ta blonde... Si c'est parce qu'elle ne veut pas que je reste ici avec toi et que c'est ça qui te dérange, je comprends. J'ai déjà été jalouse. Je sais ce que c'est quand on est amoureux...

Ralph n'a pas répondu. Je n'ai pas osé insister. J'espérais toutefois qu'il ne s'était pas fâché avec sa blonde à cause de moi... J'ai repensé à Jean-Philippe pour la première fois depuis la fin de la journée. J'aurais donc aimé qu'il soit jaloux! Mais il faudrait qu'il me voit avec un autre gars, plus vieux que lui, pour qu'il se fâche...

Peut-être que Ralph accepterait de venir deux ou trois fois me chercher à la polyvalente. En auto, évidemment! J'aurais ma revanche sur Myriam Drolet. Elle n'est jamais sortie avec un gars aussi âgé que Ralph!

On verrait. Tout ça me paraissait bien loin! J'ai décidé que je ne ferais aucune imprudence pour être découverte. Cependant, si ça se produisait, je n'essaierais pas d'échapper aux policiers et de faire une autre fugue ailleurs.

J'en avais assez de ne pas avoir d'amie. Et si j'avais cru avoir de la chance d'aboutir dans cet hôtel et de participer au jeu, j'en étais de moins en moins persuadée.

Bientôt, je ne serais plus persuadée de cela du tout!

Chapitre 10

Un cadavre au dessert

Au petit déjeuner, j'ai été la seule à manger trois croissants. La plupart des clients avaient si mal dormi qu'ils n'avaient pas d'appétit. Moi, c'est le contraire, les émotions, ça me creuse!

J'étais en train de goûter à tous les fromages qu'il y avait sur la planche quand Mme Antoni est arrivée.

— Tu m'en laisses un peu? m'a-t-elle dit en riant.

J'ai bégayé un oui, oui, embarrassé.

Elle m'a souri:

— Je plaisantais. Moi aussi, je suis gourmande! Si je ne me retenais pas, je mangerais sans arrêt! Et je serais aussi grosse qu'une tour!

— Vous?

— Appelle-moi Christa. Je ne suis pas assez vieille pour que tu me vouvoies! Toi, c'est quoi?

— Nat... Euh... Louise.

— Il y a longtemps que tu travailles ici?

— Non, pas trop...

— Tu travailles avec Ralph Sauvageau, non?

Ça y est, elle me parlait parce que Ralph l'intéressait. J'aurais dû m'en douter! J'ai marmonné un vague oui.

— Tu ne l'aimes pas?

— Oui...

— Je pensais que tu étais sa blonde.

Moi? Je devais avoir l'air surprise!!! Je n'ai pourtant pas détrompé Mme Antoni. J'étais trop fière qu'elle trouve que j'avais l'air assez vieille pour être l'amie de Ralph.

— Il te regarde avec des yeux!... poursuivait-elle. Un peu comme moi avec Charles. C'est mon mari. Tu l'as peut-être remarqué hier? Il était assis à côté de moi. C'est un génie. Je n'ai jamais rencontré quelqu'un d'aussi brillant que lui...

Ah! Tout s'expliquait. Il l'avait séduite parce qu'il était prodigieusement intelligent.

— C'est pour Charles que je fais attention à ma ligne. Il faudrait que je perde encore deux kilos...

— Vous?... Euh... toi? Tu es parfaite, voyons! Je n'ai jamais vu une fille aussi belle que toi...

— Arrête, tu me gênes, Louise... Ça dépend beaucoup de la manière dont on s'arrange, tu sais...

— C'est vrai que tu as des super robes! Et tes souliers avec les brillants! J'aimerais assez ça en avoir!

— Je te les prêterai, si tu veux. Demain soir?

J'étais contente! J'allais remercier Christa quand Ralph m'a fait signe:

— Faut que j'aille travailler, Christa, à plus tard.

Dans les cuisines, M. Thomas s'est moqué de moi:

— Eh bien, si tous nos clients mangeaient autant que toi, on ne rentrerait pas dans nos frais!

J'ai rougi et il a paru embarrassé. Il a ajouté, d'une voix douce que je ne lui connaissais pas, que ce n'était pas un reproche. Il aimait bien qu'on mange avec appétit.

— Tu m'aides encore aujourd'hui, ma

petite?

Le travail était plus intéressant que la veille. Je devais faire des copeaux de chocolat en raclant sur une barre énorme qui devait bien peser dix kilos!

— Qu'est-ce que vous pensez de ce qui s'est passé cette nuit, M. Thomas?

— Rien de bon. Vaut mieux ne pas s'en occuper! Les policiers m'ont dérangé toute la matinée à aller et venir dans ma cuisine! Sous prétexte que la porte de sortie mène directement à la cour et qu'un malfaiteur pourrait s'introduire en passant par là! Ce n'est jamais arrivé en dix-sept ans et ça ne commencera pas aujourd'hui!

M. Thomas a brassé la sauce mousseline, puis il a repris:

— Je suis seul maître dans cette cuisine! J'espère qu'ils ont compris et qu'ils ne reviendront plus fureter ici! On ne peut pas faire un travail convenable en étant dérangé! C'est justement le jour de la Forêt-Noire!

Mon Dieu, si je demeurais encore longtemps à l'hôtel, j'engraisserais bien de deux, trois kilos!

Non, il n'y avait rien à craindre. Quand j'ai fini de râper le chocolat, j'étais complètement écoeurée et ravie de sortir de la cuisine. Je me promenais en écoutant les conversations des clients. Plusieurs étaient mécontents.

— De qui se moque-t-on? On nous a promis une fin de semaine noire... Nous sommes ici pour découvrir un assassin!

L'organisateur essayait de calmer les esprits échauffés en leur promettant une journée pleine d'action. Et un beau meurtre.

Il ne mentait pas.

Ralph a eu l'air fâché de me voir circuler parmi les participants. J'ai eu beau lui expliquer que le policier n'était pas encore descendu pour manger, il m'a renvoyée à la cuisine.

— Je ne veux pas avoir d'ennuis. Tu ne te rends pas compte! Après ce que j'ai fait pour toi!

S'il m'avait sauvée pour que je le remercie toute ma vie, ce n'était pas la peine! Je voulais bien travailler en cuisine et gagner le droit de rester à l'hôtel, mais pas me faire engueuler.

Les participants sirotaient maintenant leurs apéritifs en tournant autour des tables de la salle à manger. L'appétit était revenu à la lecture du menu: terrine de légumes sauce mousseline, sauté d'agneau aux fonds d'artichauts, salade aux noix, fromage et Forêt-Noire.

— Au moins, la cuisine est bonne, a dit l'une des vieilles jumelles.

— Votre soeur n'est pas avec vous?

— Non, elle a préféré demeurer dans sa chambre. Elle a très mal dormi cette nuit.

Cette femme n'était pas la seule absente. Un couple manquait, ainsi que l'Anglais et M. Antoni. Christa était présente. Elle avait pourtant l'air bizarre, comme si elle était gênée d'être descendue seule à la salle à manger. Quand je lui ai parlé en apportant de l'eau, c'est à peine si elle a répondu.

Ça m'a chagrinée et j'allais lui demander si elle se sentait mal ou si j'avais pu faire quelque chose qui lui avait déplu quand Ralph m'a interpellée. J'ai souri à Christa pour l'encourager.

Elle était un peu pâle, mais toujours aussi belle! Elle portait une robe du même rose fuchsia que celle qu'elle avait portée la veille, mais celle-ci était en velours de soie, croisée à la poitrine. Elle avait cependant gardé ses fameux escarpins à strass.

J'avais donc hâte de les essayer! J'espérais qu'elle ne change pas d'avis. Elle avait mis des lunettes très légèrement teintées, ornées de paillettes. Je me suis demandé si elle n'avait pas pleuré. Et pourquoi?

Elle ne m'avait pas paru aussi mince avant, comme si la peine avait creusé ses joues. Et elle avait la voix un peu plus rauque. Si elle était triste, c'était étrange qu'elle porte des trucs aussi gais...

L'officier Duhamel était également absent. Une dame en avait fait la remarque à l'organisateur qui lui avait répondu que l'officier Duhamel était sûrement retenu par son travail. Visiblement, son absence soulageait notre organisateur.

Un policier intimide toujours les gens. La situation est suffisamment tendue, avait-il expliqué à Ralph qui l'approuvait.

Moi, je trouvais louche cette défection. Tous les suspects étaient réunis en attendant le repas, l'enquêteur pouvait facilement les observer. De plus, quand les gens sont occupés à manger, ils se surveillent moins. C'était le moment idéal. Je réfléchissais à cette question quand quelqu'un a déboulé l'escalier.

— Mon Dieu! a crié une femme.

Nous nous sommes tous précipités; c'était l'autre jumelle! Elle gisait sur le tapis rouge, au pied de l'escalier. Et la couleur de la moquette la faisait paraître encore plus pâle.

Elle semblait s'être assommée en dégringolant, mais quand l'un des participants s'est penché sur elle avec sa soeur, elle reprenait déjà ses esprits pour bafouiller:

— Un mort! Un mort! Je l'ai vu! Il ne bouge plus!

— C'est le jeu, voyons, lui a dit sa soeur.

Puis elle s'est tournée vers nous en nous expliquant que sa jumelle était très impressionnable:

— Je n'aurais pas dû emmener ma soeur Marie ici...

Mais l'organisateur, qui aurait dû être ravi que le faux meurtre ait été commis, gardait un silence inquiétant.

— Je ne suis pas idiote, a ajouté la jumelle Marie en se relevant. J'ai vu un cadavre, un vrai. Il est tout raide! Allez voir vous-mêmes, en haut, près des salles de bains!

L'organisateur s'est rué si vite vers l'ascenseur que j'ai compris qu'il craignait réellement un vrai crime. Il a tenté d'ouvrir la porte de l'ascenseur, mais celle-ci était bloquée. Deux hommes sont venus l'aider.

En pure perte.

— Si quelqu'un était à l'intérieur, il aurait tiré le signal d'alarme!

— Il faut appeler l'enquêteur Duhamel, a dit un homme. J'y vais!

Ralph avait l'air furieux qu'on téléphone au policier et il s'est approché de moi en me disant que je ferais mieux de filer dans la chambre. Il ne fallait pas que l'enquêteur me remarque. J'allais emprunter l'escalier quand le type qui appelait l'enquêteur a crié:

— Ça ne répond pas à sa chambre! Où peut-il être?

— Seigneur! Seigneur! gémissait le directeur de l'hôtel. Une disparition maintenant!

Pendant qu'on faisait appel à une aide extérieure, des gens étaient montés au troisième étage pour vérifier les dires de la jumelle Marie. On a entendu leurs cris ct leurs exclamations au rez-de-chaussée. Tous dévalaient l'escalier comme s'ils avaient le diable à leurs trousses!

— Elle a raison... Il y a un... Un mort...

— Qui? Qui? a demandé l'organisateur.

Une femme s'est approchée lentement de Christa. Elle lui a dit doucement qu'elle lui présentait toute sa sympathie, que son mari était si gentil et qu'il fallait être courageuse.

Christa a poussé un soupir désespéré avant de s'évanouir. Je n'ai même pas eu le temps d'essayer de la réconforter. De toute manière, je sentais Ralph qui me surveillait. Il ne voulait surtout pas que je me fasse remarquer!

— Vous avez un passe-partout? demanda la dame qui soutenait Christa avec un autre homme. Nous allons la ramener à sa chambre. Je vais m'occuper d'elle. Pauvre femme...

Chapitre 11

L'enquête

Tandis qu'on montait Christa dans sa chambre, le directeur de l'hôtel tentait d'empêcher les participants d'aller voir le cadavre de M. Antoni.

— Il ne faut toucher à rien avant l'arrivée des policiers! Mais où est donc ce maudit Duhamel?!

Plusieurs gens le cherchaient en vain dans l'hôtel. Comme il n'apparaissait pas, j'étais restée au rez-de-chaussée parmi les joueurs. Quand Ralph a entendu la sirène des policiers, il m'a pourtant fait signe de monter. Et à son regard, je savais qu'il valait mieux ne pas discuter.

De toute manière, mon témoignage

n'apporterait rien de plus.

Tous les clients parlaient du meurtre, évidemment. Et même s'ils étaient impressionnés, choqués, ça les excitait quelque part... Après tout, ils étaient venus pour avoir des frissons. Et ils en avaient plus qu'ils ne pouvaient en demander. Le jeu, en comparaison de la réalité, leur paraissait maintenant bien ordinaire.

Même si Ralph risquait de m'engueuler, je suis allée voir le mort. C'était mon premier cadavre et j'avais peur. Il fallait pourtant que je m'habitue, car j'en verrais des tas quand je serais détective privée.

Je n'étais plus certaine d'avoir envie d'exercer ce métier en ressortant de la chambre. M. Antoni avait le visage d'une couleur bizarre et ses yeux grands ouverts étaient effrayants!

On prétend que le portrait de l'assassin s'imprime dans la rétine de sa victime. Mais quand j'ai eu le courage de me pencher pour vérifier, je n'ai vu que deux pupilles voilées, inertes, fixes.

J'ai eu une sorte de gargouillis dans le ventre et j'ai quitté la pièce en courant. J'ai bien failli vomir. Je n'aurais pas été la seule. Trois personnes ont été malades après avoir regardé le corps.

J'ai tout de même laissé la porte de la chambre entrouverte pour entendre ce que les policiers diraient. Heureusement que nous étions logés à l'étage où avait eu lieu le crime, sinon je n'aurais rien su!

— Empoisonnement, a déclaré très vite l'un des enquêteurs.

— Vous... Vous en êtes sûr? bégaya le directeur de l'hôtel. C'est incompréhensible... Ça n'est jamais arrivé ici, c'est un établissement respectable.

— Peut-être, mais l'un de vos clients l'est moins... Qui a vu cet homme pour la dernière fois?

— Moi, a dit l'Anglais qui était apparu avec toute cette agitation. Nous avons rencontré au bar... Pour prendre un drink avant la dîner.

— Quelle heure était-il?

— A... Half... Onze heures plus le moitié.

— Vous êtes bien précis...

— Oui, M. Antoni attendait son femme depuis trente minutes. «Elle a dit qu'elle irait ici à onze heures plus le moitié. He told me qu'il wait cinq minutes...» Puis, il a monté à son chambre pour mettre une nouvelle habit pour manger. Je lui dit qu'il était O.K., mais il est parti pareil, après avoir bu son scotch.

— Est-ce que la femme de la victime peut parler?

— Elle veut rester seule, monsieur, a dit la dame qui avait accompagné Christa à sa chambre. Je l'ai laissée à sa demande. Elle était sous le choc.

— Elle n'a pas vu le corps?

— Valait mieux pas...

— Allez la chercher.

La chambre de M. et Mme Antoni était au deuxième étage. Et nous avons entendu ses pas hésitants quand elle est montée par l'escalier, l'ascenseur étant toujours en dérangement.

— Excusez-nous, madame, de vous importuner dans un moment pareil, mais nous devons vous poser quelques questions...

— Je comprends, a murmuré Christa. Oh!

Je ne pouvais pas la voir, mais j'imagine que son cri signifiait qu'elle venait d'apercevoir le cadavre. J'aurais voulu la consoler! Elle aimait tellement son mari, c'était comme si, pour moi, Jean-Philippe mourait!

J'ai entendu des soupirs, suivis de sanglots puis le commissaire lui a demandé quand elle avait parlé pour la dernière fois à son mari.

Elle allait répondre au moment où la sirène d'alarme de l'ascenseur a retenti. On devait l'entendre des immeubles voisins!

Deux minutes après, l'enquêteur Duhamel rejoignait ses collègues. Il leur expliquait qu'on l'avait assommé avant de le pousser dans l'ascenseur et de le bloquer entre deux étages. Il descendait nous rejoindre pour manger quand on l'avait frappé.

— On me guettait. Pour m'empêcher de découvrir quelque chose... Pour m'éloigner. Ce meurtre est donc prémédité!

— Effectivement, c'est troublant. Mais si c'était un suicide? Nous aurons les résultats du laboratoire en fin de journée. En attendant, essayons de recueillir les dépositions des témoins...

En fait, il n'y avait pas grand-chose à apprendre des clients. Personne n'avait rien vu. Les absents au repas étaient plus suspects que d'autres, car ils n'avaient pas d'alibi. Comme ils n'avaient pas non plus de motif, les policiers n'avançaient pas beaucoup dans leur enquête.

Ils ont interrogé Mme Antoni plus longuement, mais je n'ai rien pu entendre, car ils l'ont ramenée dans sa chambre. Ils espéraient sans doute y trouver des indices.

On parlait sans cesse de meurtre parce qu'on l'attendait tous, enfin, le faux... Mais maintenant que nous avions un vrai mort, tout le monde niait que c'était un assassinat. Tous approuvaient la thèse du suicide, car aucun ne voulait être soupçonné.

— Il paraît que M. Antoni avait perdu beaucoup d'argent au jeu et qu'il était presque ruiné... Il avait donc une raison de se suicider, m'a dit Ralph, dans sa chambre.

— C'est quand même étrange de choisir de se tuer dans un hôtel, comme s'il donnait une sorte de spectacle... Et de prendre un verre en discutant calmement avec l'Anglais, trente minutes avant d'avaler le poison.

— L'Anglais ne croit pas non plus au suicide! Il dit que M. Antoni était très souriant, très détendu. Juste un peu agacé d'attendre sa femme depuis une demi-heure. Elle, elle a expliqué aux flics que son défunt et elle s'étaient mal compris. Elle l'attendait dans la salle à manger alors qu'il s'impatientait au bar.

Ralph s'est servi un scotch et a poursuivi:

— Et c'est vrai, tous les participants l'ont vue siroter son apéritif en guettant l'arrivée de son mari. Je l'ai vue, tu l'as vue. Ce n'est pas le genre de femme qui passe inaperçue!

— Et elle, qu'est-ce qu'elle a dit?

— Qu'elle se doutait que son mari avait eu des problèmes de fric, mais elle ne croyait pas que c'était si grave.

— Et toi, tu te suiciderais à cause de l'argent? C'est assez? Qu'est-ce que tu en penses?

— Bof... Je m'en fous pas mal. Tout ce que je peux te dire c'est qu'il n'avait pas l'air déprimé quand je lui ai servi son scotch au bar. Il faisait des blagues avec l'Anglais qui ne semblait pas tout comprendre. L'Anglais n'a pas fini d'être interrogé; non seulement il est le dernier à avoir vu Antoni vivant, mais il ne s'est pas présenté au repas.

— Comment M. Antoni s'est-il empoisonné?

Ralph haussa les épaules:

— Je ne sais pas. Mais j'ai hâte qu'on trouve! C'est énervant, cette histoire-là. Les enquêteurs n'arrêtent pas de fouiner, de fourrer leur nez partout. Et ils m'embêtent avec leurs questions! Comme si c'était moi qui avais mis du poison dans son verre de scotch!

— C'est normal qu'ils t'interrogent, c'est la procédure légale.

— Normal! Normal! L'hôtel est sans dessus dessous, le directeur n'arrête pas de me crier après comme si c'était ma faute, comme si j'étais suspect! Mais je ne le connaissais même pas ce bonhomme! Et ça doit être un suicide... Bon Dieu!

Ralph s'est arrêté quelques secondes et il a repris encore plus excité:

— L'organisateur est au bord de la dépression. Les comédiens engagés ont tous révélé leur véritable identité lors des interrogatoires. La fin de semaine noire est terminée, mais on n'a pas fini d'avoir des ennuis.

Ralph avait l'air vraiment contrarié. Toutefois, je n'ai pu m'empêcher de demander:

— Des ennuis? Quels ennuis?

— Je ne sais pas, moi... Mais ce n'est jamais bon d'avoir la rousse aux trousses!

— La quoi?

— Les poulets, la flicaille, quoi, les

policiers! Les boeufs!

— Mais tu n'as rien à voir avec ce meurtre... Tout le monde peut témoigner que tu as servi des apéritifs dès onze heures et ça, jusqu'à midi. Alors, je ne vois pas pourquoi tu t'énerves...

— C'est à cause de toi, idiote! Je n'ai pas le droit de t'héberger! Tu es mineure!

— Tu sais que je ne me montrerai pas, voyons. Ne t'inquiète pas. Je ne leur serais d'aucune utilité puisque j'étais en cuisine au moment du meurtre... Je n'ai rien vu.

— C'est vrai, finit par admettre Ralph. Mais la cuisine, c'est maintenant terminé. C'est trop dangereux que tu circules.

— Je vais m'embêter à ne rien faire...

— Tu n'avais qu'à rester chez toi. Personne ne t'a obligée à venir ici.

J'avais envie de pleurer. Je me suis retenue, car Ralph se serait mis en colère... Il n'était plus du tout comme je l'avais cru! Vraiment, il ne faut pas toujours se fier aux apparences.

S'il avait été très gentil avec moi quand il m'avait sauvée, il s'impatientait de plus en plus souvent! Mais était-ce ma faute si quelqu'un avait été assassiné?

Chapitre 12

La boucle d'oreille en or

J'ai attendu que Ralph retourne travailler, après lui avoir juré que je ne bougerais pas de la chambre et j'ai fouillé dans ses affaires. Ce n'est pas le genre de choses que je fais d'habitude, mais la situation l'exigeait. Et en examinant le contenu de son sac noir, j'ai trouvé des sachets de poudre blanche... Pas besoin de me faire un dessin.

La seule chose que j'ignorais encore, c'est si c'était de la cocaïne ou de l'héroïne... De la coke, j'imagine, il n'y avait aucune seringue. Cependant, si c'était pour la vente, il ne fournissait pas nécessairement le matériel du parfait junkie.

J'ai tout rangé soigneusement et je me suis assise pour réfléchir. Je ne suis pas une rapporteuse, je déteste dénoncer et je ne l'avais jamais fait jusqu'à ce jour. Sauf avec mon frère Nicolas, pour des niaiseries.

Mais là... il s'agissait de drogues dures. Je n'aime pas fumer, ni du pot, ni du hasch. Pourtant il ne m'est jamais venu à l'esprit de révéler au directeur de l'école le nom des personnes qui en vendent ou qui en consomment. Ça ne me regarde pas.

Dans ma situation, je pouvais toutefois être considérée comme complice. Mon père avait déjà défendu une fille qui ne savait pas que son chum vendait de la drogue. Elle avait été arrêtée en même temps que lui quand on avait fouillé leur appartement. Elle travaillait comme hôtesse de l'air et n'était pas souvent chez elle.

Son chum profitait de ses absences pour faire son commerce. Comme hôtesse, on l'avait évidemment soupçonnée, d'autant plus qu'elle avait fait plusieurs vols en Amérique du Sud...

Moi, je pourrais toujours dire que je ne connaissais pas Ralph trois jours plus tôt, que ce n'était pas ma chambre et que la drogue ne m'intéressait pas. Mais me croirait-on?

Ralph soutiendrait que je m'étais enfuie de chez moi pour le retrouver... Et même si mes parents acceptaient de me revoir, mon père ne pourrait pas me défendre en cour puisque je suis membre de sa famille... Dans quel guêpier je m'étais fourrée?

Et tout ça, pour plaire à Jean-Philippe Bilodeau. Il était mieux d'être gentil quand je le reverrais! Je me demandais si je coucherais avec lui. Pas au début, c'est sûr, mais quand ça ferait assez longtemps qu'on sortirait ensemble, quand je serais certaine qu'il ne me laisserait pas tomber ensuite.

J'avais le temps d'y penser... Et des soucis aussi importants à cet instant.

Devrais-je oui ou non, alerter les policiers?

Oui.

J'ai quitté la chambre à pas de loup et je me suis dirigée vers l'escalier de secours. Bien sûr, j'évitais ainsi l'ascenseur et le grand escalier de l'hôtel où je risquais de rencontrer Ralph.

Les policiers s'étaient installés dans la seule chambre libre, celle de la dame du 46, au deuxième, près de la chambre de Christa. Je me promettais d'aller la voir plus tard, quand elle se serait un peu reposée.

Alors que j'avançais dans le corridor, j'ai entendu la voix de Ralph. Je n'avais pas le temps de courir jusqu'à la sortie de secours et de remonter à la chambre. J'ai poussé la première porte que j'ai vue, celle du débarras où l'on range la literie et les produits d'entretien. Mon coeur battait très vite même si je n'avais pas couru.

J'ai collé mon oreille sur la porte pour écouter ce que Ralph disait. Les policiers devaient l'interroger comme les autres, par routine. Ils lui ont posé des questions sur ses horaires de travail. Ensuite, ils ont discuté de M. Antoni. Est-ce que Ralph avait remarqué quelque chose de suspect? Paraissait-il tourmenté?

— Je ne sais pas... Il était le premier au bar, comme s'il était pressé de boire un scotch.

— Bizarre, il en avait dans sa chambre. On a trouvé une bouteille de Chivas et des verres.

— Peut-être qu'il ne voulait pas boire si tôt devant sa femme. Peut-être qu'il avait des problèmes d'alcool... Je ne sais pas, moi... Il essayait peut-être de noyer ses soucis. Ce ne serait pas le premier... On m'a dit qu'il était ruiné?

— C'est exagéré.

— Ah! Pourquoi se serait-il tué alors?

— C'est ce qu'on se demande. Il avait perdu un peu d'argent, c'est vrai, mais ce n'était quand même rien de dramatique. Il ne vous a pas fait de confidences?

— À moi?

— Vous savez, les barmen entendent bien des choses... Les gens ont tendance à s'épancher quand ils boivent un peu, non?

— Si... Hélas, l'Anglais est arrivé et ils sont allés s'asseoir à une table. Et j'ai quitté la pièce pour servir les apéritifs dans la salle à manger... Je ne peux rien ajouter de plus... Je suis navré.

Quel menteur! Il m'avait dit que M. Antoni était joyeux et qu'il plaisantait! Il appuyait la thèse du suicide pour que les policiers terminent plus vite leur cnquête. Pourtant il n'était plus soupçonné. Les analyses de laboratoire mentionnaient des traces de poison dans le verre trouvé dans la chambre de M. Antoni.

D'ailleurs, le poison utilisé était si foudroyant que si Ralph avait voulu tuer M. Antoni en lui servant à boire, ce dernier se serait écroulé sur place, au bar, en quelques instants.

— Vous êtes certain qu'il n'a pas parlé de menaces? De quelqu'un qu'il aurait craint?

— Non, affirma Ralph. Je suis désolé. Vous croyez vraiment au meurtre, alors?

— On ne sait pas. Mais pour quelle raison m'aurait-on assommé? demanda l'enquêteur Duhamel. Ah! Mme Antoni, vous allez mieux?

Christa sortait de sa chambre et se dirigeait vers eux.

— Oui, merci. Maintenant est-ce que je peux prendre les dispositions nécessaires pour... pour l'enterrement?

— Bientôt, madame, bientôt...

— Pourquoi pas maintenant...?

— L'autopsie n'est pas terminée. Le médecin légiste aura peut-être d'autres observations à nous faire. Ce ne sera plus très long...

Mme Antoni a poussé un profond soupir, puis elle est retournée dans sa chambre:

— Je ne bouge pas d'ici, vous saurez où me trouver, dit-elle aux policiers...

Je commençais à étouffer dans cette pièce. Je ne pouvais pourtant pas en sortir tant que Ralph était dans les parages. Il se tenait maintenant sur le pas de la porte de la chambre où s'étaient installés les policiers. Je ne comprenais donc plus ce qu'il disait.

En ouvrant la porte du cagibi lentement pour mieux entendre, la lumière qui entrait dans la pièce sombre a éclairé un objet brillant qui avait roulé sur le sol.

Je me suis penchée pour le ramasser. C'était une boucle d'oreille en or assez grosse, en forme de triangle. Je l'ai bien examinée en tentant de me rappeler qui la portait parmi les clientes.

Comment cette boucle était-elle arrivée là? J'ai refermé doucement la porte et, sans le vouloir, j'ai appuyé sur l'interrupteur. Si je n'avais pas allumé avant c'est que je craignais qu'on voie la raie de lumière sous la porte du cagibi.

Heureusement, les policiers étaient rentrés dans leur chambre et Ralph était occupé avec eux. Malheureusement, quand j'ai peur, je suis incapable de proférer un son!

Et là, le spectacle me figeait d'horreur!

Chapitre 13

Qui est qui?

Paralysée, je ne faisais aucun geste et détaillais l'atroce vision. Christa était tassée dans un coin du cagibi, derrière des piles de boîtes contenant les savons, les rouleaux de papier de toilette et les bouteilles de bain mousse. C'est pourquoi je ne l'avais pas immédiatement aperçue.

Elle avait la langue sortie et des marques épouvantables autour de son cou où était entortillée son écharpe rose. Ses yeux s'écarquillaient d'épouvante et son teint était encore plus cireux que celui de son mari. J'avais de la misère à avaler et j'ai fini par me détourner.

Je tremblais comme jamais. Mon dégoût

égalait ma surprise. Je restais là sans bouger, comme hypnotisée par ce que je venais de voir. Et tout à coup, j'ai sursauté. Christa discutait dans le corridor cinq minutes plus tôt avec les enquêteurs. Elle n'avait pas le don d'ubiquité tout de même!

Je me suis forcée à regarder de nouveau le cadavre. La femme était blonde, grande, belle, portait la robe fuchsia et les magnifiques escarpins à strass. La femme qui avait parlé aux policiers en avait de pareils aux pieds. Qui était la vraie Christa Antoni?

Il fallait que je prévienne les autorités de ma découverte et j'ai ouvert la porte sans réfléchir. Ralph m'attendait derrière et m'a repoussée à l'intérieur du cagibi en refermant la porte d'un coup de pied. J'ai essayé de lui faire ma fameuse prise, mais il me maintenait trop solidement. J'ai cessé de lui résister.

— Où allais-tu? Tu voulais parler aux policiers peut-être?

— Non... Je voulais seulement savoir ce qui se passe... Je veux devenir détective, je te l'ai dit. L'enquête m'intéresse.

— Et comme tous les détectives, tu fourres ton nez partout... Ah, ah...!

Il venait d'apercevoir le corps de la victime poussé dans un coin derrière des piles de draps. Pourtant il n'avait pas l'air très surpris.

— C'est Christa Antoni, ai-je dit en me glissant vers la porte. Mais il m'a rattrapée par le bras, me le tordant dans le dos tandis que de l'autre main il me bâillonnait avec une débarbouillette.

— Tu te tiens tranquille si tu ne veux pas que je te batte, c'est clair.

Il a ensuite cherché une serviette pour la nouer autour de ma tête afin que je ne recrache pas le bâillon. Je secouais la tête en pleurant, j'allais étouffer!

— Je t'avais demandé de ne pas bouger de la chambre... Tu vois ce qui arrive quand on est trop curieuse! Qu'est-ce que tu es venue faire ici?... Je suppose que tu comptais apprendre aux flics que tu avais découvert cette fille? dit-il en désignant le corps.

J'ai fait non de la tête. Il a ri.

— Ce n'est pas beau de mentir, Natasha... Tu mens beaucoup, je crois... Premièrement, tu ne t'appelles pas Louise. J'ai fouillé dans ton sac à main.

C'était donc lui qui avait déplacé mes

affaires. Je l'ai laissé continuer:

— Deuxièmement, tes parents ne sont pas absents de Montréal. J'ai téléphoné chez vous et c'est ton père qui a répondu. Il avait l'air un peu nerveux... Il pensait qu'on l'appelait pour lui demander une rançon. C'est vrai que c'est tentant, non?

Après une pause, il a ajouté:

— Troisièmement, tu me jures de rester dans la chambre, puis tu sors. Ça fait beaucoup de mensonges, ma petite, beaucoup trop... Et maintenant, tu es prête à me jurer que tu ne diras rien aux flics. Mais je vais être obligé de t'attacher pour t'aider à tenir ta promesse...

Il m'a regardée longuement et il a poursuivi:

— Sinon, il pourrait t'arriver la même chose qu'à elle, a-t-il conclu en me montrant le cadavre. Elle aussi a été trop curieuse et pas assez obéissante. Christa lui avait pourtant recommandé d'être sage...

Devant mon air ahuri, il m'expliquait que Christa Antoni avait engagé une comédienne qui lui ressemblait pour prendre sa place pendant le repas. De cette façon, tout le monde pourrait confirmer son alibi au moment de la mort de son mari...

Christa le tuait pendant que son sosie mangeait et elle se cachait pour reprendre sa place quand l'autre l'aurait rejointe. Évanouie ou pas... son sosie ne pourrait pas tout révéler sans être soupçonnée de complicité...

J'aurais dû tout deviner! De Christa, nous n'avions remarqué que la tenue: des cheveux blonds lumineux, une robe d'un rose éclatant, sexy, superbe, des lunettes de star et des escarpins complètement délirants. Nous n'avions pas fait attention à son visage, tout occupés aux signes plus voyants.

Christa nous avait éblouis avec sa tenue originale et quand nous avons reconnu la même tenue sur sa remplaçante, personne n'a fait la différence... J'avais pourtant remarqué que la Christa du midi n'était pas la même avec moi, silencieuse et timide. Toutefois, je m'étais posé des questions sur moi, pas sur elle.

Je m'étais demandé ce que j'avais fait qui l'embêtait et je craignais surtout qu'elle ne me prête plus ses souliers... Je ne l'avais pas bien observée, pour une future détective... J'avais honte!

Je comprenais maintenant pourquoi elle

s'était évanouie quand on lui avait annoncé la mort de son mari! Elle avait immédiatement deviné qu'elle était indirectement complice du meurtre!

Elle était dans la même situation que moi avec Ralph. Plongée malgré elle dans une histoire criminelle. Mais pour quelle raison Christa l'avait-elle aussi assassinée?

Une seule réponse, la comédienne voulait parler. Malgré les risques qu'elle courait. Et son honnêteté l'avait perdue.

Ralph me l'a confirmé en enlevant sa ceinture de cuir pour m'attacher les mains au robinet de la salle de bains.

— Eh oui! que ça te serve de leçon, elle aussi avait envie de discuter avec les policiers. Drôle d'idée, non?

J'ai haussé les épaules.

— Je dois aller prévenir Christa de ta découverte. On verra ce qu'on fera de toi. En attendant, je te laisse en bonne compagnie, a dit Ralph en ricanant. Ne parlez pas trop fort...

Je ne sais pas de quoi j'avais le plus peur. Rester toute seule dans cette pièce sombre avec une morte, étranglée en plus, ou penser à ce qui allait m'arriver! Comment avais-je pu faire confiance à ce monstre?!

Je croyais que Ralph allait revenir avec la meurtrière immédiatement. Pourtant après environ trente minutes, ils n'étaient toujours pas entrés. J'espérais que les policiers aient recommencé à interroger la maudite Christa.

J'espérais aussi qu'il y en ait un qui ouvre la porte du cagibi par hasard. Mais mes chances étaient aussi nombreuses que de gagner à la loterie ou d'être aussi belle que Myriam Drolet. Autrement dit: nulles.

Je me suis remise à pleurer en souhaitant qu'on m'entende mais aucun pas n'a retenti dans le corridor. Tout le monde était à discuter de l'événement. En prenant un verre au bar, probablement.

Tranquillement, sans s'énerver, sans danger, les participants commentaient l'accident alors que j'étais enfermée avec une deuxième victime. Et que je ne tarderais pas à être la troisième. Pourquoi Christa Antoni m'épargnerait-elle? Elle ne semblait pas hésiter à tuer.

Plus jamais, jamais, jamais, je ne quitterais la maison! Même si c'était Jean-Philippe Bilodeau qui me le demandait!

Mais est-ce que je m'en tirerais?

Personne ne remarquerait mon absence

puisque je m'étais si bien dissimulée aux regards, puisque j'avais si peu attiré l'attention. Il n'y avait que M. Thomas qui pourrait se plaindre d'avoir perdu une employée. Mais comme il y était habitué...

J'avais bien peu d'espoir. Il fallait que je me débrouille pour trouver un moyen de m'évader. Et en premier lieu, je devais me débarrasser de la ceinture.

J'ai forcé pendant une grosse demi-heure. Je tirais en tous sens, m'arrachant la peau des poignets avec la maudite ceinture de cuir, m'étouffant, car je respirais encore plus mal dans l'effort. Sans succès.

Je braillais autant de rage que de désespoir. Dans les films policiers, les détectives ne pleurent pas, je sais. Cependant, eux, ils réussissent toujours à se libérer... J'ai arrêté de bouger en tentant de reprendre mon souffle et mon calme. De toute manière, il n'y avait rien d'autre à faire qu'attendre...

Chapitre 14

Une idée géniale

Rien d'autre? Non...

J'avais une idée géniale! J'allais m'en sortir! Je soupirais de soulagement quand j'ai entendu des bruits de clé. Oh non! Ralph et la maudite Antoni revenaient trop tôt... Et si c'était quelqu'un d'autre?

Malheureusement pas...

— Alors, c'est cette petite garce qui voulait nous dénoncer, Ralph?

— Elle-même... Mais je lui ai coupé le sifflet pour un moment.

— Il serait préférable que ce soit définitif, a dit Christa.

— Oui, avec Thomas qui s'en mêle, les flics vont bien finir par la rechercher.

— Tu dis que votre chef cuisinier l'a reconnue formellement sur les photos que lui ont montrées les policiers? Tu devais pourtant t'assurer que personne ne réclamerait cette fille... Avec les autres, tu t'es mieux débrouillé, j'espère.

Les autres?

— Écoute, Christa, n'exagère pas! a protesté Ralph. Tu n'étais pas obligée de jaser avec cette idiote, hier matin.

— Je devais éviter que les participants me parlent. Surtout le gros policier... Ce n'est pas une bonne raison?

— Oui, O.K. Écoute-moi maintenant! J'ai appelé le père de Natasha. Il m'a parlé de rançon. J'ai raccroché, mais jusqu'ici, elle ne m'a servi à rien et là, c'est un problème! Si son père est prêt à payer, ça nous fera de l'argent de plus. Je me suis renseigné. Son père est avocat, il doit être plein aux as... On peut en tirer un bon paquet...

— Es-tu devenu complètement fou? Elle nous connaît! Elle sait tout!

— Ce n'est pas parce qu'on touche la rançon qu'on libère la fille, Christa. Si tu vois ce que je veux dire... Chut... Merde! On vient! Encore ce Duhamel! Il me soupçonne, j'en suis sûr!

— Mais pourquoi?

— Chut!!! Il t'appelle! Qu'est-ce qu'on fait?

— J'y vais, répond Christa Antoni, tu me dis quand il a le dos tourné.

Si j'avais pu hurler!

— Ça y est, tu peux sortir.

— Viens, toi aussi. Ça ne sert à rien de traîner ici avec cette fille. Ils sont toujours en train de te chercher dans cet hôtel, vaut mieux être présent à l'appel et ne pas te faire remarquer. On réglera son sort quand tout sera plus calme.

Christa prit un ton plus autoritaire:

— Ça ne devrait pas être long, un policier m'a dit qu'on me donnerait le permis d'inhumer aujourd'hui! Enfin, je vais être définitivement débarrassée de cette larve!

Je ne savais pas si elle parlait de son mari ou de moi et je préférais l'ignorer... Je pensais à mon père ct à ma mère qui attendaient un coup de fil des ravisseurs et je me sentais terriblement coupable de leur infliger une telle inquiétude. Ce n'était pas mon intention quand j'étais partie!

J'ai alors entendu la grosse voix de l'enquêteur Duhamel.

— Ah! chère madame! Vous aurez le

permis d'inhumer cet après-midi, vous pouvez commencer à prendre vos dispositions. Il ne reste que quelques points à régler...

Je n'ai pas pu entendre le reste de la conversation. Ralph avait doucement refermé la porte derrière lui après m'avoir dit d'arrêter de pleurer, que ça ne servait à rien.

C'était faux. Ça me soulageait et surtout, ça donnait l'impression à mes bourreaux que je leur étais soumise et que je ne résisterais plus. Mais dès qu'on avait entendu la voix de l'enquêteur, l'espoir m'était revenu. Et j'allais mettre mon plan à exécution.

J'allais inonder la chambre!

Suffisait d'y penser! Évidemment, Ralph ou Christa Antoni pouvaient être les premiers à s'en apercevoir et là, j'y passerais sûrement. Alors ce serait plus tôt que prévu, voilà tout. Cependant si, comme je le souhaitais, c'était un client ou un employé de l'hôtel qui constatait la fuite, j'étais sauvée.

Je ne pouvais pas mourir noyée, on me découvrirait bien avant. Excepté mes ravisseurs, le seul danger réel venait du fait que mes mains étaient attachées au robinet avec une ceinture en cuir.

La peau se distendrait en étant mouillée, mais se contracterait après, si Ralph et sa complice me retrouvaient trop vite. Je doutais qu'ils aient la délicatesse de desserrer la ceinture. Et alors, mon sang ne circulerait plus... Valait mieux ne pas réfléchir à ça!

J'ai eu quelques difficultés à ouvrir les robinets, car mes mains étaient dirigées vers le bas. Il a fallu que je me tortille un bon moment pour réussir à attraper le bouchon de caoutchouc.

Je n'y arrivais pas avec les mains, alors j'ai enlevé mes souliers. Puis j'ai appuyé ma jambe gauche sur le bord du comptoir et, du bout du pied, j'ai poussé le bouchon dans le lavabo. Mes prises de judo n'étaient peut-être pas au point pour combattre les criminels, mais je n'avais pas suivi les cours pour rien; j'étais souple.

J'ai pressé le bouchon au fond et j'ai ouvert, non sans peine, le robinet d'eau froide. Il y avait beaucoup de pression et j'ai eu rapidement les mains glacées, car le robinet de gauche me résistait. Enfin, l'eau chaude a jailli avant que je ne sois complètement congelée et si j'étais maintenant trempée, c'était à l'eau tiède.

Nulle en maths, j'étais incapable de calculer combien de temps ça prendrait pour qu'un robinet déversant X litres d'eau à l'heure cause des dommages assez importants pour qu'on les voie!

Ça m'a paru infiniment long. Plus long qu'une année scolaire. Plus long qu'une fin de semaine à attendre que Jean-Philippe m'appelle pour m'inviter à sortir avec lui. Plus long que toute ma vie.

Quand j'ai entendu des cris perçants, j'ai reconnu les voix aiguës des jumelles et je ne les ai jamais trouvées aussi agréables à entendre! Enfin la chance tournait, les jumelles habitaient la chambre en dessous du débarras où l'on m'avait enfermée. Elles étaient en train de faire une sieste quand l'une d'elles avait reçu une goutte d'eau sur le nez.

— Après tout ce qu'on a vécu ici, monsieur, disait l'une des jumelles derrière la porte tandis qu'on essayait de l'ouvrir, il ne manquait plus qu'une inondation. Regardez toute cette eau sous la porte... Ah! Mes souliers neufs! Quel hôtel!

Le directeur devait être épuisé, car il a oublié sa politesse coutumière pour leur dire d'aller chercher les policiers plutôt que de se plaindre. Pour la première fois depuis deux jours, j'avais envie de rire!

Le directeur a enfin pénétré dans la pièce. Il a poussé un cri quand il m'a vue trempée, attachée au robinet. Et il s'est avancé, aussi raide qu'un automate, pour me libérer (j'imagine), quand il a aperçu le corps de la femme. Il s'est évanoui. Est-ce que j'allais attendre encore longtemps pour qu'on s'occupe de moi?

Non, les jumelles avaient alerté les policiers et on accourait.

— Bon Dieu! a fait l'enquêteur Duhamel en entrant. Qu'est-ce qui se passe ici? Tremblay, libérez cette petite! Plamondon, occupez-vous du directeur!

Pendant qu'on me détachait, l'enquêteur se penchait pour examiner le corps.

— C'est Mme Antoni, a dit l'un des policiers! Mais je l'ai vue il n'y a pas quinze minutes!

On m'avait fait asseoir et boire un grand verre d'eau. On m'a ensuite enroulée dans une couverture de laine.

— Pouvez-vous parler? m'a demandé l'enquêteur Duhamel.

— Vite. Il faut que vous les rattrapiez avant qu'ils s'enfuient.

— Qui?

— Ralph, le barman, et Christa Antoni!
Ça, c'est la fausse. Elle a les yeux gris! La
vraie a les yeux noirs! Ils ont tué cette fille
parce qu'elle voulait vous dire qu'elle l'a-
vait remplacée.

— Doucement... Remplacé? Qui? Comment? Racontez-moi tout tranquillement.
Pendant ce temps, Plamondon, prenez
des hommes pour fouiller l'hôtel, bloquez
toutes les issues. Et dites aux clients de
rester dans leur chambre, nos deux oiseaux
sont dangereux! Maintenant, ma petite, je
vous écoute. Comment vous appelez-vous
et que faites-vous ici?

Il valait mieux tout dire. J'ai raconté ma
fugue, m'attendant à écouter un sermon.
Toutefois, l'officier n'a passé aucune remarque. Il m'a simplement montré une
photo de moi. Mes parents avaient alerté
les policiers de ma disparition dès le jeudi
soir. Ils étaient rentrés immédiatement de
Québec.

— Ils doivent me détester...

— Non, voyons. D'ailleurs, ils seront
bientôt ici.

— Comment ça?

— Le chef cuisinier s'est plaint à Ralph

devant nous que tu avais disparu. Comme on venait de recevoir ta photo dans chaque poste de police, on lui a montrée, par acquit de conscience. Il t'a formellement identifiée.

L'enquêteur Duhamel s'est arrêté un moment et a poursuivi:

— On a posé quelques questions à Ralph qui nous a déclaré qu'il t'avait sauvée d'un viol et engagée ici, puisque tu lui avais juré que tu étais majeure. Mais que tu étais repartie parce que tu détestais le travail en cuisine.

— Ce n'est pas vrai!

— C'est ce qu'a dit M. Thomas. «Cette fille n'aurait pas quitté l'hôtel sans me saluer! C'était une vraie gourmande, elle n'aimait pas éplucher les légumes, c'est normal, mais si vous l'aviez vue m'observer quand je préparais mes sauces... Qu'est-ce que tu fais aux filles, espèce de...?» a-t-il crié à Ralph.

— Aux filles?

— Ralph nous a affirmé qu'il ignorait de quoi parlait M. Thomas. Il avait emmené quelques filles comme toi à l'hôtel pour les aider. Si en plus, on le lui reprochait! J'ai fait semblant d'accepter sa version et je lui ai simplement demandé de me prévenir si tu réapparaissais. Il m'a juré qu'il m'avertirait...

— Le salaud! C'est lui qui m'a enfermée ici! Il m'a surprise alors que j'allais vous parler... Et encore, il croyait que je voulais discuter du cadavre. C'était plutôt de la coke dont je devais vous entretenir!

Et j'ai repris toute l'histoire depuis le début.

Chapitre 15

Des explications

— Ce que je me demande, c'est pour-quoi Christa a tué son mari. Qu'est-ce qu'il lui avait fait?

— Rien. Sauf qu'il était riche... Elle voulait toucher l'héritage immédiatement... Pourtant je ne sais pas si ce Ralph était mêlé à cette machination depuis le début. Il y avait gros à gagner... une somme considérable... M. Antoni n'avait pas de problème d'argent comme elle l'a prétendu. Au contraire.

— Mais en restant avec lui, elle aurait continué à profiter de sa fortune...

— Faut croire qu'elle préférait la dé-penser seule...

— Ralph aussi aime l'argent. Il voulait demander une rançon à mes parents! Et moi, comme une idiote, je lui ai donné des informations. Il savait que j'avais laissé un message. Il les aurait appelés en leur disant qu'il m'avait kidnappée après mon départ de la maison. Pour que mes parents ne continuent pas à penser que j'étais partie de mon plein gré!

Au moment où je parlais d'eux, ils entraient. Je me suis jetée dans leurs bras en pleurant autant que maman. Papa nous tapotait le dos en répétant: «Voyons, voyons». Et il n'a pas trouvé grand-chose à ajouter jusqu'à ce que l'officier lui dise que j'étais une jeune fille très courageuse.

— Nous le savons... Elle est pourtant un peu trop téméraire... Tu nous as fait peur, Tasha! As-tu pensé à nous avant de partir? Et d'abord pourquoi es-tu partie?

— Laisse-la tranquille, Paul, a dit maman à papa d'un ton ferme. Tu ne vois pas qu'elle est trempée comme une soupe! Elle va encore me faire une sinusite! As-tu des vêtements ici, Natasha?

— Oui, dans la chambre de... Ralph.

J'ai vu mon père froncer les sourcils:

— Ralph?

L'officier Duhamel s'est approché de nous:

— Je vous en prie, écoutez son histoire avant de sauter aux conclusions...

Il devait avoir une fille, lui aussi, parce qu'il avait deviné que papa s'inquiétait de savoir si j'avais fait l'amour avec Ralph! Il ne m'en aurait pas parlé directement, pourtant...

Quand nous sommes arrivés dans la chambre de Ralph, les policiers n'avaient pas retrouvé la drogue, mais mon sac de voyage était toujours là. Ils nous ont laissés seuls le temps que je raconte tout de nouveau après m'être changée de vêtements.

Maman pleurait et papa poussait des exclamations de surprise en répétant que s'il tenait ce maudit Ralph, il allait passer un mauvais quart d'heure.

— Il faut tout de même reconnaître qu'il m'a sauvée d'une agression, ai-je dit. Ça, c'était correct de sa part.

— Non, ça ne l'était pas.

On a entendu des coups à la porte de la chambre de Ralph. C'était l'officier Duhamel qui nous annonçait qu'on avait retrouvé les coupables. Ils se terraient dans le stationnement intérieur de l'hôtel. Ralph avait tout avoué, en espérant qu'en dénonçant sa complice, il aurait une remise de peine.

— Toutefois avec le paquet de cocaïne qu'il trimbalait avec lui, il ne sortira pas de prison avant un bon bout de temps.

— Il en vendait depuis longtemps?

— Pire, il la faisait vendre... Par des filles comme toi. Le type qui t'a attaquée, le premier jour de ta fugue était un ami de Ralph. Ils t'avaient vue traîner et s'étaient dit que tu étais une bonne proie. Le copain de Ralph t'agressait et Ralph arrivait à temps pour te sauver. Évidemment, ensuite, tu éprouvais de la reconnaissance pour lui et tu lui faisais confiance.

Duhamel regarda mes parents et enchaîna:

— Il t'emmenait à l'hôtel et t'installait à peu près correctement, te trouvait un travail en te faisant miroiter la possibilité d'avoir un appartement à toi... Puis il t'aurait demandé de lui rendre service en échange de tout ce qu'il avait fait pour toi et tu te serais sentie trop coupable pour refuser.

Il reprit son souffle:

— Il suffisait de remettre tel paquet

à telle personne. Tu aurais vendu de la drogue pour lui. Tous les risques pour toi. Il nierait si tu le dénonçais. Si on ne trouvait rien chez lui, on l'inculperait difficilement. Sans flagrant délit...

— Jamais je n'aurais pu vendre de la drogue pour lui! ai-je protesté.

— Peut-être que oui. Peut-être que non. Qui sait comment il aurait réussi à te contraindre. Celles qui t'ont précédée s'en sont moins bien tirées.

— Que voulez-vous dire?

— M. Thomas nous a aussi parlé de Diane et des autres filles qu'il avait vues à l'hôtel. On a interrogé Ralph à ce sujet. Il nous a répondu: «Ces filles traînaient dans les rues quand je les ai rencontrées. Je leur ai rendu service. Elles n'avaient nulle part où aller.» Tu vois, tout le monde n'a pas ta chance.

Il a fait une pause, puis:

— Quand nous aurons retrouvé ces filles, nous entendrons probablement une version assez triste. Et j'aurais envie de te faire un sermon pour avoir fait tant de peine à tes parents, mais comme c'est grâce à toi si on a arrêté Christa Antoni et Ralph, je vais me taire...

— Pas tout de suite! Je voudrais savoir si Ralph était amoureux de Christa.

L'enquêteur Duhamel a poussé un soupir de découragement:

— Une histoire d'amour bien romantique? Oh non!... Ils n'étaient pas amoureux. Ralph a vu Mme Antoni transporter le corps de sa remplaçante dans le débarras. Et il a pensé au chantage.

— Au chantage? a dit papa, il ne reculait devant rien! Kidnapping, demande de rançon, trafic de drogue, chantage.

— Et il s'en est fallu de peu qu'on ajoute le meurtre à ses activités... C'est pourtant Christa Antoni qui a tué son mari et la jeune femme. Et Ralph, ne pouvant la dénoncer parce qu'il attirerait ainsi notre attention sur lui, a proposé son silence contre une partie de l'héritage d'Antoni.

— C'est pour ça qu'il n'a pas paru étonné quand il a vu le corps dans le débarras. Il savait que la victime était là.

— Oui, ce qui t'a sauvée, c'est que tu n'as pas parlé de la drogue que tu avais découverte.

— Est-ce que vous allez l'envoyer en prison en France?

— Non. Il est Québécois comme toi et

moi. Par contre, c'est un roi du déguisement. Il a teint ses cheveux, a fait pousser sa barbe et a modifié son accent, car il était déjà recherché sous un autre nom pour vol.

Lui qui me reprochait d'avoir changé le mien!

J'ai passé ce détail sous silence quand j'ai rencontré les journalistes. J'étais déçue qu'ils me photographient sans maquillage. D'un autre côté, je paraissais plus fatiguée, plus marquée par mon aventure. On me croirait quand je raconterais ma peur!

Pour une fois, j'avais vraiment hâte d'aller à l'école! Tout le monde me parlerait! Et Jean-Philippe me trouverait sûrement plus intéressante que cette Myriam Drolet! Elle n'avait jamais rien vécu dans sa vie! Je n'avais pas envie de recommencer, mais...

À l'école, c'était mieux que je ne l'avais espéré. Martin Gauthier, qui est plus vieux que Jean-Philippe Bilodeau, ne m'a pas quittée de la journée! Il m'a payé un Seven-Up, puis un Big Mac et m'a offert de me reconduire chez moi en moto!

J'ai accepté, évidemment, mais je suis descendue un coin de rue avant d'arriver à la maison. Mes parents ne veulent pas que je fasse de moto... Pourtant, est-ce que je pouvais refuser une pareille proposition? Martin Gauthier courait après moi! Myriam Drolet ne s'en remettrait jamais!

Table des matières

Achevé d'imprimer
sur les presses de Litho Acme Inc.
3e trimestre 1989